DEMON DENTIST

巫婆牙醫

U0010384

大衛·威廉 著
東尼·羅斯 繪
張妙如 譯

晨星出版

獻給我襁褓中的小寶貝……

感謝——

有幾個非常腫腰的人，我想謝謝你們。

首仙，超腫腰的東尼．羅斯，謝謝你再一次以驚人的絕世插畫讓偶的文字活了起來。

第惡要謝謝的是哈潑．柯林童書部門的頭頭，安珍妮．莫塔，謝謝妳對我的信靭。

編輯盧絲．歐譚思，謝謝妳小心而嚴謹的編輯。

凱特．克拉克和艾羅林．葛蘭，謝謝你們倆不可思議的封面和字體色計。

這本書的行銷是山姆．懷特和葛拉蒂尼．史道得安派，謝謝你們這兩個妻奴。

也謝謝審稿編輯莉莉．摩根。

醉後，超級感謝你，我的獨立版權公司經紀人保羅．史帝文斯。你是最好的伴郎。

小心，
這是一個
恐怖故事。
內容非常驚悚，
請勿睡前閱讀。

結局出乎預料！

每個小孩都不喜歡看牙醫。更何況是一個喜歡搜集小孩蛀牙的巫婆牙醫！

本書主角阿飛是一個貧窮單親家庭的孩子，爸爸因為長期在礦坑工作而感染肺疾。平日，他不但要自己處理生活起居，還要照顧重病的爸爸，十分乖巧懂事。唯獨對於「看牙」這件事，他是全然的抗拒。

對於看牙齒這件事，我和主角阿飛有過共同的經歷：自從幼時歷經過一次沒有麻醉、牙齒拔不下來、被牙醫又敲又箝的恐怖經歷之後，很長一段時間，我跟阿飛一樣，堅拒看牙醫。十歲時有一次，父母為了要騙我進牙科，謊稱要帶我去買鞋；到了牙科門口，我發現情況不對，立刻拔腿就跑！爸爸媽媽在馬路上捉著我，連拖帶拉，我掙扎到連兩隻腳上的鞋襪都踢掉了！這件事至今仍是長輩津津樂道的笑柄。

所以，當我看到阿飛為了拒看可怕的巫婆牙醫，和社工溫妮展開那段驚悚誇張的追逃歷程時，不禁心有戚戚焉！可見牙醫名列小孩心目中的「恐怖排行榜」榜首，絕非浪得虛名呀！

這本巫婆牙醫是一本黑色喜劇，劇情緊湊，高潮迭起。大衛．威廉的作品，充滿著荒謬離譜的想像力，但對孩子卻有著絕佳的吸引力，讓人一打開書頁，就再也停不下來。他的文字，如同動畫一般的精彩生動，簡直就像是活生生在眼前上演的一齣電影一般！

當鎮上的小朋友把掉下來的牙齒放在枕頭下，夢想得到牙仙送的金幣，醒來卻看到恐怖的毛毛蟲、蜘蛛、蝙蝠翅膀……時，到底發生了什麼樣的怪異事件？背後恐怖的巫婆，是不是就是那位新來的牙醫？邪惡的勢力，阿飛究竟有沒有能力對抗？精彩的故事，保證一看就入迷，小朋友千萬不要錯過喔！

—親子教育專家、作家、陳安儀多元作文創辦人　陳安儀

來見見故事中的角色吧：

阿飛
滿口蛀牙
的男孩

蓋比姿
小女孩

阿飛
的爸爸

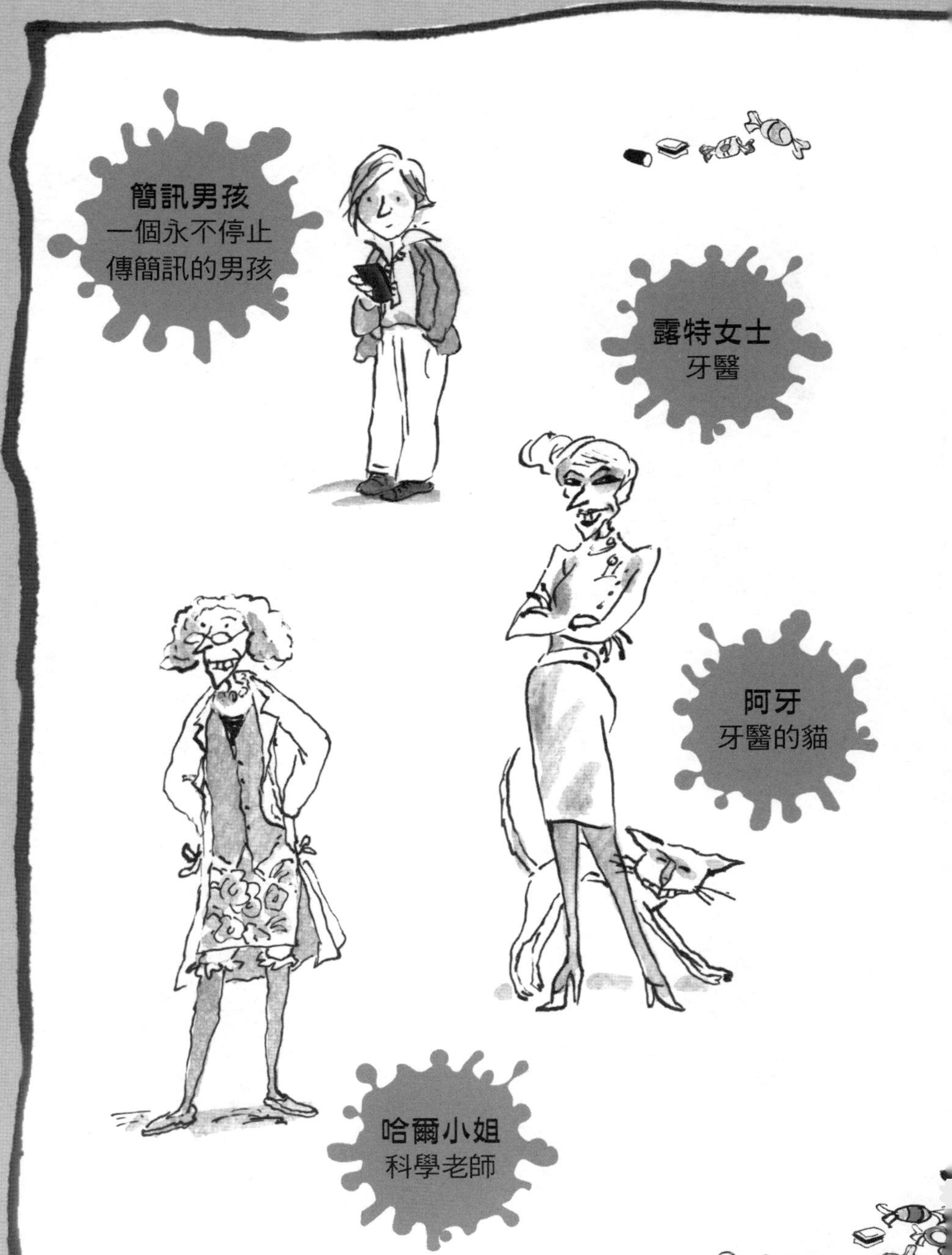
簡訊男孩
一個永不停止
傳簡訊的男孩
露特女士
牙醫
阿牙
牙醫的貓
哈爾小姐
科學老師

批西・普藍克
警察
拉吉
報攤老闆
溫妮
社工

史努德先生
戲劇老師
茉理希太太
老太太
灰先生
校長

目錄

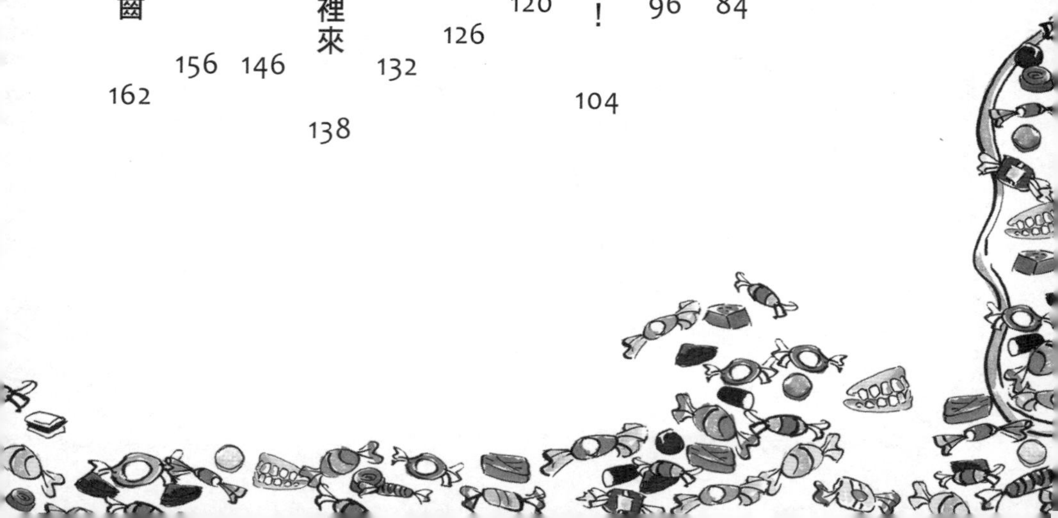

1 小牙痛事件

阿飛討厭看牙醫。

因爲這個原因，所以他嘴巴裡幾乎都是發黃的牙齒。

而那些沒發黃的牙齒，早就變成黑的。它們裝飾著所有小孩們最喜歡、但牙醫最討厭的陳年美食污漬——糖果、汽水、巧克力等等。而那些既不黃也不黑的牙齒，早就掉光光了。

阿飛有一顆牙齒在咬到牛奶糖之後，就黏在糖果上了，而帶有水果口味的甜食碎渣則占領了其他的牙齒。

這就是年輕的阿飛笑起來的樣子……

這個十二歲的男孩很久沒去看牙醫是有原因的。

阿飛最後一次看牙大約是他六歲的時候。

剛開始，那只是一個小牙痛，但最後卻演變成一場大災難。當時的牙醫是個年邁的老人——伊斯特懷爾先生。如果不是還懷有服務熱誠，他多年前早該退休了。這個牙醫看起來就像一隻行動緩慢的烏龜，或者應該說是長壽龜。他眼鏡的鏡片厚得讓眼睛看起來跟網球一樣大。伊斯特懷爾先生告訴阿飛，他那顆蛀牙已經爛掉了，而且很不幸地，除了拔掉之外別無選擇。

牙醫用他的大鋼鉗用力地一拔再拔，奈何那顆牙齒就是不爲所動。伊斯特懷爾先生甚至把腳踩在阿飛頭旁邊的椅子上，借力來猛扯那顆可憐的牙齒，但它依然不動如山。

牙醫只好求助比他更老的牙科護士——普莉格小姐，她聽從牙醫指示按住阿飛，盡可能用力地把他往後壓。但即使是這樣，那顆牙齒還是毫不動搖。

很快地，連身材肥胖的診所櫃檯小姐——瑋兒，都被要求上場協助。即使瑋兒小姐一個人就比伊斯特懷爾先生和普莉格小姐兩人加起來還重，但在她重量級的「助陣」之下，那顆牙齒不動就是不動。

此時，牙醫師想到了一個方法，他請普莉格小姐去拿粗牙線。他仔細地把牙線綁在夾鉗上，並延伸到瑋兒小姐粗壯的腰身上綁一圈，然後牙醫叫圓胖的櫃檯小姐在數到三時往窗外跳。但即使有瑋兒小姐這樣無敵的拉扯力，男孩的牙齒還是不肯出來。

在可憐的小阿飛還驚恐萬分地躺在牙醫椅上時，伊斯特懷爾先生走進他的候診室尋求幫助。

那些排隊等著看牙的病人們，不論老少、胖瘦都被徵招前來協助，老牙醫需要盡他所能地募集到所有兵力。

然而，即使是這樣的一條人龍軍隊，那顆牙齒還是根深蒂固地戰勝群雄。

此時小阿飛的壓力已經破表了。拔牙的痛早已經超過他原本牙痛的百倍。

不過，伊斯特懷爾先生仍意志堅定的要完成他已經開始的工作，汗如雨下的他喝了一大口漱口杯裡的水，然後又使盡全力地緊拉他的鉗子。

終於，在感覺像是經歷好幾天、好幾週、甚至是好幾個月的拉扯下，阿飛聽到了一聲響亮的**嘎嘎嘎嘎嘎嘎嘎吱吱吱吱吱吱吱吱！！**

因爲牙醫夾壓得太猛，阿飛的

牙齒在口中爆破成千萬個小碎片。

這場苦難終於結束時，伊斯特懷爾先生和他的兵馬們，全都在診療室的地板上癱成一團。

「幹得好，各位！」他宣布道，同時他的助理普莉格小姐將他扶起來。「噢，那顆牙齒可眞是個冥頑不靈的小笨蛋啊！」

就在此時，小阿飛發現了一件事，他的牙齒還是在痛。

牙醫拔錯牙齒了！

2 相信

六歲的阿飛拔起他的幼腿，用最快的時速逃離診療室。

那個下午，男孩發誓：打死他也不要看牙醫了！直到今天他再也沒去過。牙醫預約通知來了又來，但阿飛從來沒有一次赴約。這些年來累積的牙醫通知信已經塞了滿滿一袋了，但阿飛背著他爸爸把所有信都藏起來。

阿飛家就只有他和爸爸。他的媽媽在生他時死於難產，阿飛從來沒見過她。有時他會感到悲傷，彷彿是在思念媽媽似的。但他總是告訴自己：他怎麼可能會想念一個自己根本沒見過面的人？

爲了把牙醫寄的這些信藏起來，男孩總是輕聲地把板凳拿到廚房。阿飛比他這年紀該有的身材還瘦小，事實上，他是全校第二矮的孩子。他得在板凳上努力平衡腳尖，才能碰得到他藏信的儲藏櫃櫃頂。現在那裡一定藏了上百封信，但阿飛知道他爸爸不會發現這些信的，因爲他身體不適已經好幾年了，最近甚至開始需要坐輪椅。

在因爲生病而無法工作之前，爸爸是個煤礦工，一個大熊般的壯漢，他努力在礦坑底下工作以提供他的兒子一切所需。

然而，這麼多年的礦坑生涯對他的肺造成嚴重的傷害。爸爸是個驕傲的男人，他隱瞞病情好幾年，努力地去挖更多的煤，甚至加更多班來勉強維持家庭開支。但同時，他的呼吸也越來越虛弱，直到有天下午他在煤礦層上昏倒。

當爸爸終於在醫院裡醒來時，醫生告訴他，他再也不能進礦坑了。只要肺再吸入一次礦塵，就會奪走他的性命。

隨著時間過去，爸爸的呼吸能力每況愈下，連綁鞋帶也是一種煎熬。

很快地，爸爸只能靠輪椅活動，再也無法工作了。

在沒有其他家人的情況下，阿飛得獨力照顧爸爸。除了上學和寫功課外，他還得購買所有的用品，負責所有的清潔、煮飯和洗衣工作。但阿飛毫無怨言，因爲他全心全意愛著爸爸。

爸爸的身體或許不健全，但他的靈魂可不，爸爸有著說故事的偉大能力。「聽著，小狗狗……」爸爸總會這樣起頭，而阿飛也喜歡聽他這樣喊他。那畫面中有著一隻老狗和一隻小狗狗，彼此依偎在一起，男孩的內心感到又安全又溫暖。

「聽著，小狗狗……」爸爸會接著這樣說：「現在你唯一得做的，就是閉上你的眼睛，並且相信……」

在他們的小房子裡，爸爸會帶著他的兒子經歷各種驚悚的冒險，他們會坐在魔毯上衝入海

洋，甚至用魔法棒穿越吸血鬼帝國的核心。

那是個多采多姿的世界，離他們現實所在的黑白世界有幾百萬公里遠。

「再帶我去一次那個鬼屋，爸爸！」男孩拜託。

「小狗狗，我們今天就去鬧鬼的古堡一遊吧！」老爸會這樣吊人胃口。

「快，快，快……」阿飛說。

父子倆會閉上眼睛，在白日夢的國度相會。他們會一起：

- 在蘇格蘭釣上一整天的魚，還抓到尼斯湖水怪。
- 爬上喜馬拉雅山，正面遇上雪怪。
- 殺死一隻噴火龍。
- 藏身在一艘海盜船上，結果以偷渡客的身分被迫做苦力，直到被美麗的人魚拯救。
- 摩擦阿拉丁神燈，遇見會給他們三個願望的神怪，但是爸爸會把所有的機會都讓給阿飛。
- 騎在帕格薩斯背上，那是一隻來自希臘神話、長著翅膀的天馬。

● 爬上巨人國的一個台階，遇上一隻餓壞了的獨眼巨人，他理想中的零食是瘦骨如柴的十二歲小男孩，所以爸爸得救他。

● 成為第一組以成功自製火箭登陸月球的父子檔。

● 被一隻兇猛的狼人在霧氣迷濛的沼澤追了一整晚。

這是個幻想世界。

在冒險歷程中，任何事情都可能發生，沒有任何東西可以阻擋他們。

完全沒有。

但隨著阿飛逐漸長大，他發現自己越來越難想像這些景象。當爸爸開始說故事時，男孩會張開眼睛難以專心，他開始希望自己能和新學校裡的其他小孩一樣，玩上一整晚的電腦遊戲。

「小狗狗，閉上你的眼睛，並且相信……」爸爸依舊是這麼起頭的。

然而，阿飛開始覺得自己已經十二歲、幾乎要十三歲了，他已經漸漸成熟得難以相信魔術、神話和異想世界裡的事了。

可是，之後他即將發現自己錯得有多離譜。

3 比白更白

學校裡所有學生都聚集在禮堂，數百名孩子們坐在一排排的椅子上，等著貴賓來演講。

從來沒有什麼有趣的人來拜訪過阿飛的學校。在頒獎典禮日，獲邀來頒獎的嘉賓是個做玉米片包裝盒的人。這個玉米片盒男演講的內容無聊到讓人不斷放空，所以阿飛一直在打瞌睡。

而今天來演講的是新來的牙醫，演講的主題是如何照顧你的牙齒。這並不是什麼特別有趣的事情，但至少他們都可以暫時不用上課。

因爲很討厭牙醫，所以阿飛選了個後排的座位。他身上穿

著又髒又舊的學校制服——白色的襯衫早已經變成灰白色，背心上都是破洞，外套也破了好幾處，長褲短得可憐。

不過，阿飛的爸爸總是要他驕傲地穿上制服，他那磨損的領帶倒是打得完美無瑕。

坐在阿飛身旁的，是這學校裡唯一比他矮的孩子，一個叫做蓋比姿的小女孩。她看起來很害羞，儘管她來這學校已經整整一學期了，卻從來沒有人聽她說過半句話。多數時候，蓋比姿都躲在她那頭亂髮之下，不跟任何人有眼神接觸。

當所有的孩子終於停止搗蛋並乖乖坐好後，校長站上了講台。如果有人舉辦一個票選最不適合當校長的人的比賽，灰先生一定會得獎。孩子們會嚇到他、老師們也會嚇到他、甚至他自己的影子都會嚇到他。

雖然他的工作和他這麼不搭，他的姓氏倒是和他很配，他的鞋子、襪子、長褲、皮帶、襯衫、領帶、外套、頭髮，甚至是眼睛，都是各種不同的灰色。

灰先生被灰色系的光譜籠罩著：

「好——好了，安——安靜——坐——坐下……」灰先生一緊張就會結巴，沒什麼比得上在全校師生面前講話更讓他緊張的了。

聽說，有一次教育局局長來訪，他被人發現自己裝做是個小矮凳，窩在他的辦公桌底下。

「我——說說說，坐下下——下——下來——」如果這些話有發揮任何作用的話，那就是令孩子們的嗡嗡聲變得更大聲了。

就在這時，蓋比姿站到她的椅子上，用她最大聲的音量吼著：

「拜託！！饒了這個老阿伯吧！！」

或許「老阿伯」不是個形容師長該有的用詞，但校長在孩子們終於安靜下來時，允許自己露出一抹微笑。

蓋比姿重新坐下時，每個人都看著她。在她大暴走後，小女孩籠罩在某種奇怪的名人光環中。

「好……」灰先生用他灰調的嗓音接著說，「雖然我也沒那麼老，但謝謝妳，蓋比姿。接下來有個特別的演講要獻給大家，關於如何照顧你們的牙齒，讓我們歡迎新來的牙醫，請——請給可愛的露——露——露特女士一個本校最熱烈的掌聲……」

校長下台時，響起一陣很短的掌聲，但很快地就被禮堂後方傳來的一種刺耳嘎吱聲掩蓋過去。

孩子們一個個轉過頭去看，一位女士推著一台閃亮的金屬推車，穿過座椅間的通道。推車的某個輪子在木頭地板上摩擦著，尖銳的嘎吱聲讓人頭疼。就如同有人用指甲在黑板上亂刮那樣，有些孩子甚至用手指塞住他們的耳朵。

露特女士引人注目的第一件事就是她的牙齒，她有著讓人目眩的白齒，比白更白，像日光燈管一樣。她的牙齒是如此完美無瑕，無瑕到不像是眞的。

第二件會注意到露特女士的是：她的個子高到不可思議，雙腿又細又長，簡直就像踩高蹺走路的人。她穿著白色醫生袍，像化學老師做實驗穿的那種，白袍底下是一件白上衣與一件飄動的白長裙。

她經過阿飛身旁時，阿飛注意到她白色高跟鞋上有個大紅點。

那是血嗎？阿飛心想。

露特女士有一頭淺色的金髮，梳成一個完美又有光澤的包頭，這個造型通常只會出現在女王或首相的頭頂。不過她的包頭形狀更像是一支牛奶霜淇淋。

在某種光線下，她看起來很老，臉孔又瘦又尖，膚色蒼白如雪。然而，這個牙醫還是費盡心思地抹了很多粉，以致很難猜出她究竟有多老了。

五十歲？

九十歲？

九百歲？

露特女士終於走到禮堂前方，她轉過身來並面露微笑。低照的冬陽穿過大廳裡高高的窗戶，在她的牙齒上反射著，以致於坐在前幾排的人得稍微遮一下他們的眼睛。

「早安，小朋友們！」她開心地跟大家打招呼。但因為牙醫說話的語調像念咒語似的，彷彿正在覆誦一首童謠，底下的小朋友們開始竊竊私語，覺得自己簡直被當成嬰兒了。

「我剛才說：『早安，小朋友們』！」牙醫又重覆一次，眼神同時略帶嚴厲地掃射學生們。

大家迅速地安靜下來，然後所有聚集在此的學生們都異口同聲地說：「早安。」

「我先自我介紹一下，我是你們的新牙醫，我叫露特女士，但我喜歡我的小病人們稱呼我爲『媽咪』。」

阿飛和蓋比姿不可置信地互瞄了一眼。

「所以，我能聽到一句大聲的『哈囉，媽咪』嗎？數到三，一，二，三……」露特女士用嘴型來帶動大家。

「哈囉，媽咪。」大夥兒悶悶地說。

「很好！我會來到這個城鎮是因爲一個可怕的意外。意外發生在伊斯特懷爾先生身上，這個可憐的老先生，摔在自己的牙科器具上，喔，這是多麼諷刺啊！當然，我們毋需講到那麼殘酷的細節。簡單地說，伊斯特懷爾先生被發現倒在他的診療室地板上，在一大灘的血泊之中，有一把牙探針深深地插進他的心臟裡……」

一股窒息的沉默籠罩了整個禮堂。

阿飛倒抽了一口氣，那眞是難以想像的恐怖畫面。伊斯特懷爾先生也許又老又不俐落，但他眞的會粗心到發生意外，讓牙探針刺穿自己的心臟嗎？

「媽咪希望你們爲伊斯特懷爾先生默禱一分鐘。現在，閉上你們的雙眼，全部的小朋友們，不准偷看呦！」

阿飛並沒有信任露特女士到足以閉上自己的雙眼，蓋比姿也是，他們倆扭著臉瞇眼偷窺。

從眼睛的小縫隙中，阿飛看到一個非常奇怪的景象。

本來應該站在禮堂前面一同閉眼默禱的露特女士，反而躡手躡腳地四處偷偷檢查大家的牙齒。當她來到阿飛那一排時，男孩才因爲怕惹上麻煩而閉上雙眼。露特女士一定有爲他的一口爛牙而流連忘返，因爲男孩可以從自己的臉上感覺到她傳來的好一陣冷冷氣息，直到她再次躡手躡腳地回到禮堂前面。

「一分鐘到了！」牙醫宣布。

「謝謝你們，孩子們，你們可以張開眼睛了。」

阿飛和蓋比姿再次互看了一眼，他們是唯一目睹露特女士詭異舉止的人……

4 比黑更黑

「當然，我們會傷心地懷念著伊斯特懷爾先生的。」露特女士宣布。「但身爲你們的新牙醫，我問過你們那位很棒的校長，我是否可以在今天上台，媽咪想要給大家一個認識我的機會，以便親自歡迎你們每個人到我的診療室。現在我要開始今天的小交流囉，從一個小小的問題開始，孩子們，你們有多少人討厭看牙醫？」

除了一個人之外，所有的孩子都舉手了。

沒有人喜歡看牙醫，頂多就是盡量忍耐罷了，

那個沒舉手的男孩是因爲他忙著打簡訊。

阿飛大力地在空中高舉自己的手。

「喔！這麼多隻手啊。哈哈！」她笑著，雖然並不是因爲很多人害怕而覺得好笑。「所以，你們有這麼多人眞的眞的眞的討厭看牙醫啊？」露特女士用她那單調的語氣詢問。

絕大多數的手依然停留在空中，事實上阿飛已經半離開他的座椅，好讓他的手可以舉到最高。他**真的真的真的**是討厭看牙醫之王，自從被拔錯牙後，在已知的宇宙中，沒有人比他更痛恨看牙醫的。

「呵呵呵！」牙醫師發出奇怪的笑聲。

「地球上有誰會發出『呵呵呵』的聲音啊？」阿飛輕聲地問蓋比姿。

「她眞無聊！」女孩回答。

「好吧，媽咪今天在這裡告訴你們，看牙齒絕對沒什麼好害怕的……」她的話在空中迴盪著。如果她說話的語氣試圖要營造出一種「我保證」的話，那顯然很失敗。原本應該要讓人有安全感，但實際上反而有點恐怖。

「現在我徵求一名自願者，舉起你的手來……」牙醫說。

所有那些先前在空中揮舞著的手，現在全都完完整整地放下了。

阿飛爲了避免可能的誤會，更把他的雙手向下貼到地板上。如果能伸到地底去，他也會這麼做的，他需要一個比零更低的被選上的機會。

「都沒有人嗎？」露特女士問。

連那些乖學生和愛出風頭的人都保持沉默。

「別這樣，孩子們，我又不會咬人！」牙醫閃著她那能閃瞎人的白牙齒，微笑地說。

「有誰很久沒看過牙醫了……」她低聲問。

學生們開始低聲地交頭接耳並四處張望，沒多久，幾百雙眼睛不約而同望向阿飛。學校裡的每個人都曾在不同的時間點注意到阿飛的牙齒，他的牙齒很糟，糟到可以吸引遊客參觀，他的口腔甚至豐富到能開咖啡館和禮品店。

牙醫隨著眾人的目光，將視線停在阿飛身上。

「喔沒錯，我就猜有可能是你……」露特女士將又細又長又多節的指頭直指向他。「你，孩子，到媽咪這裡來……」

當阿飛顫抖的雙腿終於驅使他走到禮堂前方時，他第一次注意到牙醫的雙眼。露特女士的眼珠是黑色的，**比石油更黑，比煤炭更黑，比最黑的黑還黑**。簡單地說，它們就是很黑。

牙醫在出聲說話前盯著阿飛看了許

久，「別怕，孩子……」，但沒有任何事情比被人告知別怕，更讓人害怕的。

「讓媽咪稍微看一下你的牙齒……」阿飛緊閉雙唇。

「把嘴巴張大。啊，乖孩子……」突然間，阿飛發現自己除了聽從牙醫的指示外也別無方法，他張開嘴巴，讓她能夠看到裡面。

「噢……」露特女士開心地說，「你的牙齒眞可怕……」

全部學生都在嘲笑他。

「哈哈哈哈哈哈哈哈哈哈哈哈哈哈！！！」

除了兩個孩子之外——蓋比姿，她難過地看著這種殘酷的狀況。還有簡訊男孩，他忙著打簡訊忙到錯過了一切。

「喔天啊，喔天啊。你叫什麼名字，孩子？」牙醫詢問。

「阿飛，醫——醫生……」男孩緊張地說。
「叫我媽咪……」
阿飛絕對不可能叫任何人媽咪，更何況是她。
「阿飛什麼？」露特女士繼續問。
「阿飛．格理費斯。」
「那好，小阿飛．格理費斯，你得趕快預約到我的診療室來……」這個主意讓阿飛不寒而慄，他早就發誓在他有生之年絕不靠近任何牙醫。
「你喜歡禮物嗎，孩子？」
和所有的孩子一樣，男孩也喜歡收到禮物。
「喜……喜……喜歡……」他回答。
「那好，媽咪有個禮物送你。獎勵你今天當個乖男孩，來，拿一條我自創品牌的牙膏。」
露特女士從推車上拿了一條粗白管上印有紅色大字體的「媽咪的」牙膏。下面還有一排黑色小字標語「媽咪愛你的牙齒」。

「還有一支我特製的牙刷，你喜歡硬毛還是軟毛的，阿飛．格里費斯？」

男孩此生到目前爲止都用同一支牙刷，他完全不曉得它當初是硬毛還是軟毛，而且如今那支牙刷只剩一束刷毛，事實上它差不多快沒有毛了。

「都可以……」

「那我就給你一支又好又軟的吧。」露特女士說。

從推車上拿出來的「媽咪的」牙刷發出一閃，刷毛的尾端既尖又硬。阿飛用手指滑過後縮了一下，那觸感彷彿像是在摸豬鬃毛。

拿著牙刷和牙膏的阿飛看起來像個淚人兒，像那種你可能曾在動物園裡見過的——恐蛛者拿著一隻又大又毛、超級毒的狼蛛，被迫面對他們的恐蛛症。

「阿飛，我們會再見的……」

不，我們不會！阿飛心想。

「喔會的，我們會……」她低喃。眼前這位牙醫彷彿在回應他內心的想法。

5 特別的糖果

「當個好孩子，回座位吧！」露特女士下令。

阿飛聽從她的指令。他低著頭走回去，怕會引來更多的嘲笑，不敢跟任何人對到眼。

「現在，孩子們……」女士接著說，「還有誰要禮物的？我這裡有一些糖果喔。」

萬手齊發，整座禮堂很快地便充滿了孩子們興奮討論的嗡嗡聲。

「可是糖果不是會讓我們的牙齒爛掉嗎？」蓋比姿出聲。

露特女士注視著她，然後微笑。「喔，妳是個意見很多的孩子嘛！妳叫什麼名字？」

小女孩猶豫了一會，終於說，「蓋比姿。」

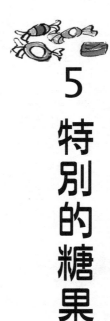

「是的，當然，小蓋比姿說的沒錯。通常糖果會腐蝕牙齒，但我的糖果不會。媽咪的糖果很特別，我的糖果完全不含糖，你們愛吃多少就吃多少。」

她從推車底下拿出一個托盤，掀開蓋在上面的布，露出一大堆顏色鮮豔的糖果。

那裡有巧克力和巧克力和更多的巧克力、牛奶糖和軟糖、用吸的糖和用嚼的糖、水果口味的糖和薄荷口味的糖、易融的糖、脆碎的糖、汽泡糖、爆爆糖。

「來吧，孩子們，不用怕，自己上來拿媽咪特別的糖果……」

剎那間，幾百個孩子蜂擁而上，所有人開始熱烈地一把一把抓著糖果。

他們盡可能地多拿，那些貪心的小男孩和小女孩們，把糖果又是往嘴裡塞又是往口袋塞，但那裡好像有**更多的糖、更多的糖，再更多的糖。**

「盡情地拿吧！」露特女士在喧鬧聲中喊著。「我永遠能變出更多來！」

但阿飛發現蓋比姿一動也不動地坐在座位上。「妳不打算拿一些嗎？」阿飛問她。

蓋比姿搖頭，「不要。」

「爲什麼？」

「你難道沒聽過一對兄妹去森林裡、發現糖果屋的故事嗎？」

阿飛很驚訝這小女孩會聯想到那個故事。「漢斯和葛麗特？當然，大家都聽過，但那只是個愚蠢的童話故事吧。」

蓋比姿轉頭盯著他看。「那不是個愚蠢的故事。而且，就算那只是個童話故事，也不代表它不曾發生過。」說完她把目光轉回牙醫身上。

牙醫用她那白到不可思議的牙齒燦爛地笑著，孩子們的口袋裝裡滿了糖果，但奇怪的是，無論他們拿了多少，托盤上的糖果依然源源不絕地供應。

在成排的座位中，只有一個男孩坐在他的椅子上，那就是簡訊男孩。他依然在打簡訊。

那天下午從學校回家的路上，阿飛只想快點扔掉露特女士的禮物。他一點都不相信這個牙醫，她讓人有種很深的不安感，她鞋子上的那一滴紅點、在氣氛詭譎的禮堂上爲死去的牙醫默禱、還有那美夢成眞般源源不絕的無糖糖果。

當阿飛走到每天上下學必經的一座橋時，他停下腳步，從外套口袋拿出牙刷和牙膏。他看著上面「媽咪的」這幾個字，心想這個牌子名稱的確取得很好，有誰會不相信任何叫做「媽咪的」的東西？

男孩一轉開牙膏蓋後，立刻有些黃色的黏滑物——膿包的顏色——開始流出來，它聞起來很噁，像暖熱的嘔吐物。有一小坨牙膏滴落到石橋上，石橋便像被強酸潑到一樣發出哧聲，還冒著泡。

這牙膏到底含有什麼成分？阿飛心想。就在此時，他發現牙膏源源不斷地從管子裡自己流出來，它在他手指附近蠢蠢欲動著，有少許的一部分沾到他的皮膚，他馬上感覺到一股灼熱感。

「嚇！」男孩尖叫，趕緊把這管牙膏丟到橋下方的運河裡。它噗通一聲掉入水裡。

他看著它沉入水底，但牙膏還是繼續從管子裡流出來。然後阿飛注意到他另一隻手還握著露特女士給的牙刷，上面的刷毛看起來就像能把你的牙齒通通刷掉——而不是刷掉髒汙，所以他把牙刷也丟進運河。

就在阿飛準備離開的時候，一個怪聲使他停下腳步。他驚恐

地發現運河裡的水竟滾得冒泡，彷彿火山爆發一樣，一群死魚在河面上滾動著。

而就在他往下看著河水的時候，一群和他同校的孩子們聒噪地從旁邊經過，他們嘴裡都塞滿了「媽咪的」巧克力、牛奶糖和水果軟糖，每個小孩看起來都非常開心，貪婪地又咬又嚼又啃著那些糖果。

如果橋下的情形是牙膏造成的，阿飛不禁開始懷疑，**那她這些特別的糖果裡到底含有什麼……**

6 入侵者

「你一定就是阿飛吧。」當阿飛回到位於城鎮邊緣的家時，突然出現一個聲音。

「你是誰？」男孩問。

阿飛非常保護他爸爸，他不喜歡陌生人出現在他家。

一位穿著艷麗的女士，和他爸爸一起坐在客廳裡。

她重量級的身軀占據了那張破沙發一格以上的座位。她那不協調的衣著色彩極其豐富（黃圍巾、粉紅橫條紋緊身褲、綠色上衣，以及金屬亮藍的針織外套），看起來很顯然不該出現在這小而暗沉的客廳。事實上，她這身打扮不適合出現在任何地方。

坐在輪椅上的爸爸在他經常待的客廳角落，一條鬆垮的格紋毯子蓋在他的腳上，屋裡很冷，因為中央空調在幾年前的冬天就被切斷了。

事實上，他們家日漸崩壞，自從爸爸得開始以輪椅代步後，這個房子就日益荒廢。儘管阿飛已經盡了最大的努力，下雨時屋頂還是會漏水，每扇窗戶開始出現縫隙，黴菌在牆上爬得幾乎快要碰到天花板。

「喔，兒子，這位是……」爸爸短促的呼吸很大聲，「……溫妮，她是一名社工。」

「一名什麼？」阿飛問，始終相當無禮地盯著這名入侵者。

「不必這麼在意我，年輕人，哈哈！」這名胖女士愉悅地說，她拍鬆一個抱枕後放到爸爸背後。「我是從基金會來的，像我這樣的社工只是想幫助你和你爸爸……」

「我們不需要任何幫助，謝謝妳，」阿飛說。「我照顧我爸照顧得比任何人都好，不是嗎，爸？」

爸爸看著他的兒子微笑不語。

「那當然！」溫妮帶著微笑回答。「對了，很高興認識你呢，年輕人。」

她伸出穿金戴銀的香腸手，但阿飛只是盯著它看。

「和她握一下手吧，兒子，當個好孩子……」爸爸懇求。

阿飛勉強伸出他的小手，社工緊緊抓著它並精力旺盛地搖晃著，男孩覺得自己可憐的手快從關節處被甩脫了。她那色彩繽紛的塑膠手環們，隨著握手的動作大聲地喀喀響著。

「小阿飛，能麻煩你幫忙泡杯茶嗎？」溫妮大聲說。

「是的，來一壺茶會很好，謝謝你，兒子，」爸爸快速地接著說，「然後我們可以坐下來好好聊聊。」

「我沒辦法喝咖啡，它上進下出！哈哈！」社工接著說。

阿飛一邊盯著這名入侵者，一邊

離開客廳去泡茶。

他們父子倆總會在阿飛放學後一起分享一壺茶。他會在托盤上擺兩個茶杯，打從他有記憶以來，一直就只有兩個杯子。

他從爸爸身上學到的一件事就是——不論生活有多貧困，他們還是該爲生活中簡單的快樂感到驕傲。所以每當阿飛泡茶時，他總會盡最大的心力展現這樣的精神。

水燒開後，他拿出一個沒有蓋子的缺角小茶壺，放在一個他從學校餐廳裡拿回來的托盤上，然後再從櫃子上取下兩個茶杯，這是這個家中僅有的兩個茶杯，因此阿飛得想個辦法。

終於，又讓他找到一個盛蛋杯，他也把它放入托盤中，這杯子勉強能裝得下他一口的茶量。而牛奶壺其實是他在義賣商店拍賣時，買來的一個彎月形的調味醬器皿。

最後阿飛拿出一個龜裂的盤子，在上面擺了三塊過期且零碎的巧克力餅乾，那是某一天他看起來像是餓壞了的時候，報攤老闆拉吉送他的一包餅乾。

阿飛帶著驕傲的微笑，端著托盤走進客廳。他小心地將托盤放到咖啡桌上（其實它只是一個倒扣的紙箱，但他和他爸稱它爲咖啡桌）。

「我從你爸那裡聽了許多你的事，小阿飛。」溫妮一邊說一邊把餅乾屑噴到阿飛身上，還有地毯，最遠甚至抵達她對面的窗簾。她大聲地從她的杯子裡吸了一大口茶，把手中剩下的餅乾沖入她的喉嚨深處。

「噢！」她嘆息著，用她兩片塗成亮粉紅色的嘴唇噴了一聲。「感覺好多了。我很期待能了解……」

阿飛在她說話時試著保持微笑，並從他手中小小的盛蛋杯啜些茶，彷彿自己是個巨人。溫妮凝視著男孩，她從沙發上往前傾身，像一頭非洲河馬注視著一隻停在牠鼻頭上的小鳥那樣。「喔，我的天呀！看看這孩子的癡！」

「我的什麼？」阿飛說。

「癡！」

「我的癡？」男孩困惑地說。

「是的，孩子……」社工用一種挫敗的語氣說，「**你的癡！**」

「我猜溫妮是指你的牙齒……」爸爸試圖猜測。

「對，那正是我剛剛說的！」女士開心地說，「**癡！ㄗㄔㄕ的ㄔ，三聲，癡！**」

「我的癡怎樣了，我是說，牙齒？」阿飛問完後趕緊閉上嘴巴。他知道不久的將來是不會有人找他去拍牙膏廣告的，可是他現在的牙齒也還沒掉光啊。還沒。

「不不不，不能這樣。喔！不能假裝沒這件事，身爲你的社工，我第一件要幫你做的就是……」

「是……」男孩吞了口口水，猜想著即將到來的事。

「幫你預約看牙醫！」

7 祕密

阿飛看了一下他爸爸，用眼神懇求他把這位煩人的女士趕出去。然而，爸爸轉過頭去面向她，瞇眼看著他眼前的這一片五顏六色。「我想是這個好主意，溫妮，我希望他在十三歲生日以前不再掉任何一顆牙齒。」

「哈哈！沒錯！」溫妮輕聲笑，「我們不能讓那樣的事發生，趕快去看牙醫就能拯救這孩子！」

然後連問都沒問，她就自己拿了第三塊巧克力餅乾，那是盤子上的最後一塊了，即使它好像有點發霉。阿飛從十分鐘以前就一直盯著它，他原本想拿來當做今天的晚餐的，她卻一口氣就把餅乾吞了下去，還大聲地喝了一口茶。

「咻咻咻咻漱漱漱漱漱漱漱嗚嗚嗚嗯嗯嗯！」她再次嘖了一下她的嘴唇，滿足地嘆了口氣。**「啊啊啊啊啊啊啊啊！！！！」**

雖然這只是她第二次在他面前做這種吸茶動作，但阿飛已經無法掩飾自己厭煩的感覺。爸爸打破這令人不太愉快的沉默，「喔，有客人來訪的感覺眞不錯啊，不是嗎？阿飛？」男孩沒說話。

溫妮在開口前又吸又嘆了一次，「你還有更多美味的巧克力餅乾嗎？哈哈。」她說完就自個兒笑了起來，用那種樂天者慣有的惱人方式。

「有。」爸爸說。「我們鐵罐裡應該還有餅乾吧，是不是，阿飛？」

男孩還是安靜地坐在那裡，眼睛直盯著眼前這部彩色的咀嚼機。

「怎麼了？」爸爸催促著，「去拿餅乾來給這位女士。」

「巧克力口味，如果你還有的話，哈哈！」溫妮開朗地補充說，「眞是厚臉皮，我知道！我應該注意我的體型！但我眞的很愛吃巧克力餅乾！」

阿飛緩緩地起身，舉步維艱地走向廚房。他知道鐵盒裡還有最後一塊巧克力餅乾，但那是他留下來要和爸爸一人一半當明天的晚餐的。在經過走道那個滿布刮痕和斑點的鏡子前時，阿飛停了下來，他把那些從社工嘴裡噴出來、用口水加工過的餅乾屑屑們，從他的頭髮上抖落。

「你一定很以他爲傲吧，格理費癡先生？」溫妮說。阿飛從走道上可以聽到他們說話的聲音。

「是格理費斯……」

「那正是我剛剛說的！格理費癡。」

「格理費斯……」爸爸重覆。

「對！」女人惱怒地說，「**格，理，費，ㄔ。格理費癡！**」

「喔呃，我當然很以我的小狗狗爲傲。」爸爸喘氣地說，長句子有時會讓他喘不過氣。

「你的小狗狗？」

「是的，我有時會這樣叫他。」

「了解。」

「這些年來他照顧我照顧得很好，他從小就一直在照顧我，但……」爸爸的聲音漸漸小到像低喃，「我沒告訴他，上星期他在學校時，我跌了一跤，我不想讓他擔心。」

「嗯，我了解那種心情。」

阿飛調整了一下身體重心以便站得更靠近門些。男孩專心地聽著大人們的交談。

「當時我喘不過氣來，眼前一片黑，我從輪椅摔出去，直接跌落在浴室地板上。我被救護車匆忙地送進醫院，醫生們做了很多檢查……」

「嗯，然後？」溫妮此刻聽起來很擔憂。

「然後，他們，嗯……」爸爸掙扎著不知該怎麼說。

「慢慢來，格理費癡先生。」

「醫生們說我的呼吸狀況越來越糟，而且太快了……」

「喔不！」溫妮倒抽一口氣。男孩可以聽到他爸爸在哭，那聲音令人心碎。

「來，格理費癡先生，用張面紙吧……」社工輕聲地說。

阿飛深深吸了一口氣。聽見爸爸哭讓他也想哭，但這驕傲的男孩迅速擊退了眼淚，把它往肚子裡吞。

「我們格理費斯家族很堅強，一直都是。我在礦坑裡工作了二十年，我爸在我之前也做同一行，我爸爸的爸爸也是。但現在我病得很重，我不能讓我的小狗狗獨自承擔這一切……」

「你很明理，格理費癡先生，」溫妮回答，「我很高興你終於決定打電話來基金會，你早該這麼做了。記得，我是來這裡幫助你還有你兒子的……」

阿飛愣在原地。

爸爸有對他隱瞞壞消息的習慣，例如不斷增加的負債、電視和冰箱被查封、爸爸的健康狀況惡化，阿飛覺得自己永遠是最後一個知道的。的確，他們倆眞的很親近，但生活中的許多片段，阿飛也瞞著他爸爸，這男孩也有自己的祕密。

例如，學校裡年紀比較大的孩子們會因爲他「穿得像遊民」而霸凌他。

例如，阿飛因爲忙著打掃他們的小房子，沒時間寫功課而被留校察看。

例如，他翹課時被校長逮到。但其實那是因爲他得早點離開學校，才能趕在商店關門之前去幫他爸爸拿輪椅的新輪子。

阿飛覺得爸爸就算不爲他操心，也早有一堆煩不完的事了。

現在無意中聽到他們的對話，儘管他也是格理費斯家族成員之一，堅強又驕傲，但眼淚還是打敗了他。

暖熱、鹹鹹的淚珠從臉頰上流下來，即使阿飛一直想相信爸爸會有好轉起來的一天，但現在，他得面對現實了。

8 癡

「阿飛？」爸爸從客廳喊著，「給我們新朋友溫妮的餅乾呢？」

阿飛躡手躡腳地從走道上走進廚房，他假裝自己很忙碌。他聽到了一些他本來不該聽見的事，現在他得裝做他什麼都不知道。

「我去看看，格理費癡先生。」胖女士宣告。

「順便一提，溫妮，是格理費斯。」爸爸說。

「那正是我剛剛說的，」溫妮糾正，「格理費癡。」

她驚天動地地穿過走道。

阿飛不想讓這名陌生人發現他哭過，他不喜歡讓人看到他心情不好。

在沒有媽媽的環境中長大，阿飛的生命跟多數孩子們比起來更多了一抹悲傷，於是他學會隱藏自己的感情，把它們深深地埋在任何人都看不到的地方。

他的心就是他的堡壘。

阿飛急忙用外套的袖子擦擦眼睛，趕在眼淚跑到鼻尖前抹去它。

「小阿飛，你找到餅乾了嗎？」溫妮詢問。

男孩背對她，沒有轉身，他希望哭過的痕跡可以很快消失，還有臉上的潮紅能盡快恢復正常。

溫妮察覺阿飛有些不對勁。

「阿飛？阿飛？你還好吧，年輕人？」

男孩匆匆從儲藏櫃裡拿出滿是刮痕的鐵盒，始終不敢正面看著她。他把鐵盒遞給她，「拿去，最後一塊了，儘管吃吧！」

溫妮緩緩地搖頭，然後她的視線停在阿飛身後的儲藏櫃上，那些堆積如山的信件。「那些是什麼？」她問。

「哪些？」男孩回應著。

阿飛轉過身，驚慌地發現她指的是那些他瞞著爸爸藏起來、過去幾年來的牙醫預約通知單。

「那些是垃圾。」他說謊。

「好吧，如果那是垃圾，我幫你把它們丟到垃圾桶。」溫妮是隻聰明的老鳥，她伸出手去拿信。

在阿飛開口說話之前，溫妮的眼睛已經開始快速瀏覽這些信。很快地，阿飛的祕密爆開了。

「誰會想得到，這些全都是牙醫寄來的信！喔天啊，阿飛，你有好幾年都沒有看牙醫了！」社工說，「我知道很多我照顧過的孩子們都害怕看牙醫，但相信我……」

阿飛從她手中搶過那些信。「**別在不屬於你的地方四處窺探！**」他大吼，「我愛我爸，而且我照顧他照顧得比任何人都好，比妳更好，比任何人都更好。妳爲什麼不從這個門滾出去，永遠別再來！放過我們！」

溫妮看著阿飛，等著他高漲的憤怒降溫。她緩緩地將頭歪向一邊。做爲一名社工，這些年來她見過很多問題兒童，但沒有一個像阿飛這樣有朝氣的。她在開口前吸了一口氣，「阿飛，相信我，我是來幫助你和你爸爸的，我也知道，要讓你接受很不容易，此刻你大概很討厭我……」

男孩用沉默代替回答。

「但誰知道，阿飛，也許有一天你會開始喜歡我，或許我們甚至能成爲朋友……」

阿飛在心裡嘲笑她。

「年輕人，我們爲什麼不坐下來聊聊？」

男孩再也無法控制他對這女人的怒氣。「我和妳沒什麼好聊的！」他吼著，強行越過她，離開這狹窄的廚房。

在他邊咒罵邊穿過走道來到他的臥房時，溫妮在他身後叫著，「拜託，阿飛……」她說。但男孩就是不想理她，而且還用力甩上他身後的房門並鎖起來，阿飛跌進床裡，在挫敗感中緊閉雙眼。然後他聽到一陣敲門聲傳來。

叩叩叩。她敲門的方式也讓他覺得很煩。

「阿飛？」她輕聲說，「我是溫妮！」

阿飛不理她。

「我只是要跟你說，我要走了。」溫妮假裝什麼事也沒發生地說，「但我明天早上的第一件要做的事，就是爲你的癡打電話給牙醫診所，我聽說有個人很好的女士已經接手了，她叫露特女士。掰掰！」

阿飛倒抽一口氣。不要露特女士。任何人都好，就是別找露特女士……

9 別告訴任何人

隔天早上到了學校，阿飛打開他的置物櫃時，發現一張從櫃門底下塞入的紙條。

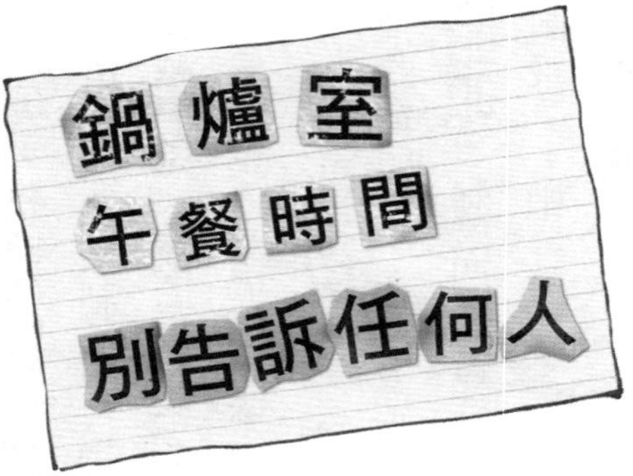

紙條是用報紙剪字組成的，而且上面沒有任何署名。

鍋爐室位於學校的地窖深處，嚴禁所有的孩子接近。

阿飛緊張地回頭確認沒有人在看他後，便偷偷溜進操場上那座通往鍋爐室的螺旋樓梯。

勿近

雖然警示牌這麼寫著，但阿飛仍緩緩地轉動門把，並用力推開那扇沉重的門。

裡面一片漆黑，大鍋爐嗤嗤作響得非常大聲，阿飛突然想到：就算他在裡面用力大叫，也不會有人發現他。一陣恐懼的陰影向他襲來，他很害怕這是個陷阱。

此時鍋爐的後方有個影子向前步出，一個有著一頭亂髮的矮小影子。

「蓋比姿！」阿飛鬆了一口氣，「爲什麼我們要約在這裡見面啊？如果被老師發現的話，我們一定會惹上麻煩的。」

「小聲一點！」女孩噓他，「我不知道有沒有人會偷聽，先把這個舊黑板移到那裡去抵住門，這樣就沒有人能進來了……」

阿飛照她說的做。

蓋比姿再次確認門已經擋牢了，然後才展開一幅大紙捲，將它攤在又髒又黏的地板上。

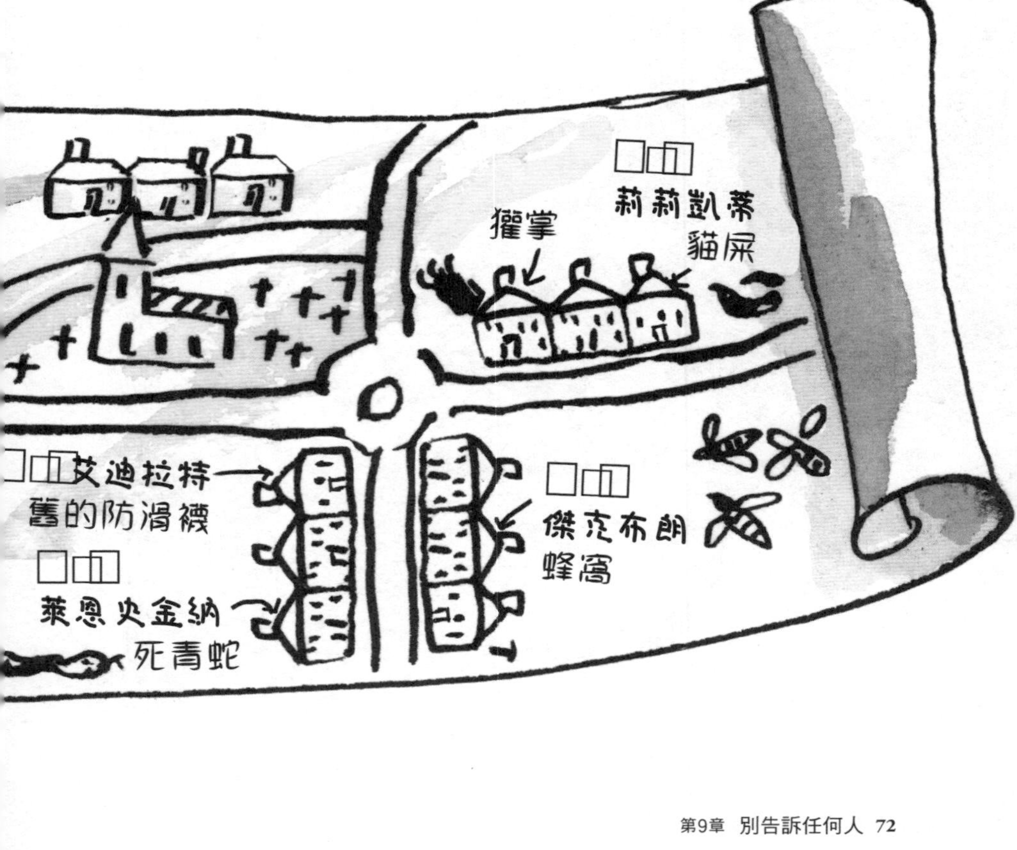

他們跪在地上研究它，很快地，阿飛發現這是城鎮的大地圖，蓋比姿把這地圖畫得很詳細，而且還用不同顏色的筆在某些房子畫上特殊標記。

她著急地在地圖上指著一些地方說：「兩星期以前，十一月十日，傑克布朗，一個蜂窩。十一月十二日，莉莉凱蒂，貓屎。同一天晚上，艾迪拉特，一隻髒又舊的防滑襪……」

阿飛愣住了。「這是什麼？」他問。

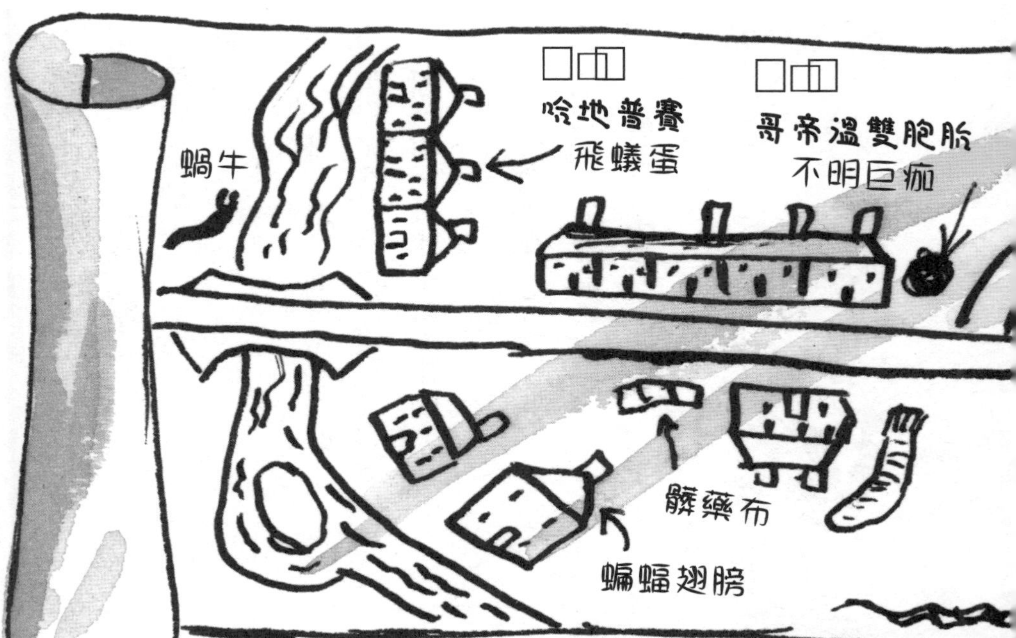

「十一月十三日，星期五，那天晚上很熱鬧，整個鎮到處都發生了怪事。萊恩史金納，得到一條死青蛇。

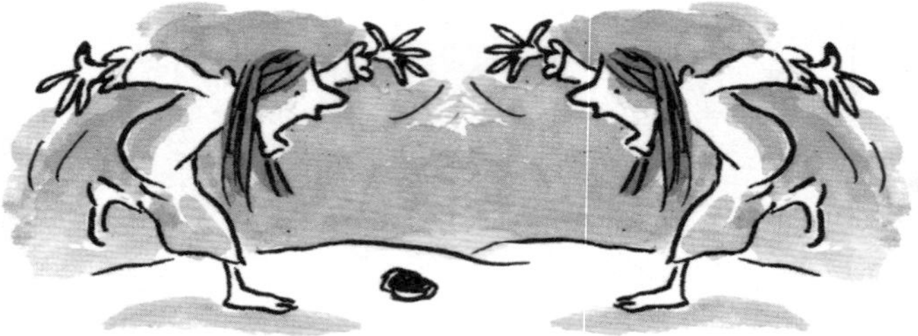

哥帝溫家的雙胞胎姊妹——潔西和妮爾，得到一個巨大的痂。來源不明，可能不是人類的。

哈地普賽，得到一堆飛蟻蛋，他在成千上萬的嗡嗡聲中醒來。」

「我不懂。」阿飛說。

「昨天晚上它終於找上我了，我掉了一顆牙齒，好吧，在我搖了它好幾個星期之後。我一如往常把它放在我的枕頭底下。你猜我醒來時發現什麼？」

「我，呃，嗯……不知道。」

「一對蝙蝠的翅膀！」

「不會吧！」

「是眞的，那個時候翅膀還在拍打著呢，一定才剛從那隻可憐的野獸身上扯下來的。」

阿飛不敢相信他所聽到的事，這女孩則越說越快，沒人能阻止她。

「所以我早上到學校後的第一件事就是開始四處問大家，發現類似的事在鎮上到處發生。這裡的孩子們，還有這裡和這裡，」蓋比姿在地圖上指出數個房子和公寓，「都在昨晚被攻擊。那些犯案簽名的物件

越來越可怕，可怕極了。一個獾掌、一隻被剝殼的蝸牛、成千上萬的蜈蚣在某個可憐的女孩的枕頭下鑽動爬行、一片噁心的藥布，上面滲滿了膿汁……」

男孩忍不住發抖，「實在太噁了！」

「不管正在發生什麼事，這才剛開始而已……」

「是誰做的壞事？」阿飛問。

小女孩搖搖頭，她的一頭亂髮也跟著擺盪，「沒有人知道，我問過的孩子們沒人看到或聽到任何東西，他們只知道，原本早上起床應該要收到一枚閃亮的新銅板的。」

「妳昨晚也沒看到任何東西嗎？」

「沒有，」蓋比姿回答。「我晚上睡覺都會鎖房門，而且我住的是公寓的七樓，所以你想想看，他們到底是怎麼進來的？」

阿飛想了一下，「好吧，他們實在不可能辦到……」

「但他們辦到了，」蓋比姿肯定地回答，有一瞬間，她看起來似乎陷入沉思，「搞不好他們是飛進來的……」

阿飛忍不住笑出來，在他看來，這個女孩的想像力和他一樣不切實際。

「別鬧了，蓋比姿！這不可能！」

蓋比姿看著他，「這世界上沒有什麼不可能的事，阿飛。」

但他還是沒被說服。「也許我們該把這地圖拿去給校長看……」

現在換女孩笑了，「灰先生？」她不屑地說，「他很沒用，而且，是他讓那個巫婆牙醫進到學校裡來的。」

此刻阿飛的腦袋咻咻咻地轉個不停。「妳該不會覺得露特女士和這件事有什麼關係吧？」

蓋比姿想了一會兒，「不，她怎麼可能辦得到？一個晚上去這麼多不同的房子，又分散在整個鎮，這不可能是一個人就能辦到的……」

「嗯，我想也不可能……」

「可是她的確很奇怪。」蓋比姿說。

「不管怎樣，別用她的『媽咪的』牙膏，那東西能把石頭熔穿！」

「什麼意思？」蓋比姿問。

這是新出現的一塊拼圖。

「我在橋上擠出一小坨牙膏，它直接穿破那座橋。我把那管牙膏丟到運河裡，它殺光了所有的魚。」

「幸好我沒笨到去拿一條……」蓋比姿聲明。

阿飛一點都不喜歡這句話，「蓋比姿，是露特女士強迫我拿的！」

「隨便啦！」女孩微笑。很明顯地，她很喜歡戲弄阿飛。

「哈，我們這裡有一堆證據，」阿飛說，「我想我們不用找校長，直接去找警察好了……」

10 緊急警務

「所以，小警探們，讓我把事情釐清一下……」批西．普藍克嘆著氣，「我們現在討論的是某種邪靈，會飛、會偷牙齒的妖魔？」

這個警察比較習慣處理超速罰單和兩個鄰居之間的圍牆爭吵，一點都不令人意外，他完全不相信孩子們的故事。

今天一放學，阿飛和蓋比姿就用他們最快的速度跑到警察局，現在他們和一個看起來很兩光的警察，一起坐在一間很兩光的審問室裡。

「我並沒有百分之百確定那是一個妖魔！」女孩回答。

普藍克無奈地搖搖頭，「但，那可能是個妖魔？」

女孩點頭。

「而且沒人見過他，喔沒錯，因爲他只會在晚上出來！」批西．普藍克嘲諷地說。

「沒錯。」蓋比姿回答，試著擠出一個勇敢的神情。她很快地攤開她的地圖。

「你看，這上面標記的每個小孩，醒來時都發現枕頭下放了恐怖的東西……」

警察研究了一會兒這張地圖後仍舊不爲所動。「大概只是他們的哥哥或姊姊開的玩笑吧！」普藍克終於下了結論。

「很病態的玩笑，你不認爲嗎？」阿飛強而有力地提問。

「嗯，我，呃……是沒錯，呃，是有點太超過……」警察急忙地回應。

男孩確定他已經把批西．普藍克逼到牆角了，現在他該做的就是送出強而有力的一擊。「我們倆都認爲這可能和新來的牙醫——露特女士有關連，她昨天到我們學校，免費送我一條她特製的牙膏。」

「然後呢？」批西．普藍克問。

「它熔穿了石頭。」警察瞇起他的眼睛、皺起眉來，這些故事細節確實引起了他的興趣，「你有把那個牙膏帶來嗎，小伙子？」

阿飛搖搖頭，「沒有，我……我把它丟到運河裡了。」

普藍克顯然不訝異。「亂丟垃圾可是違法的喔，我可以因此逮捕你！」

「可是……」阿飛試圖辯解。

「好了，小子，如果你和你的女朋友不介意的話……」

女朋友！阿飛被這種說法嚇壞了。他從來沒交過女朋友，而且正處於認爲女生很討人厭的年紀。這根本是完全的、澈底的噁爛。

「她不是我女朋友！」他辯解。

「說得好像我願意和他約會似的！」蓋比姿附和。

「好好好，如果你和你的『朋友』不介意的話，我有緊急的工作要忙。」

「會有什麼比這個更緊急的？」蓋比姿問。

警察看起來像是受了冤屈，他不習慣被人這樣挑釁。「如果你眞的想知道的話，有個八十歲的婦人在牢房等著我，她在超市中被逮到把一個蘇格蘭雞蛋塞到她的大腿去。」

「喔，眞抱歉！」蓋比姿戲謔地說，「我不曉得有個重大現行犯就在我們附近。」阿飛笑出來，他喜歡他這個新朋友的厚臉皮。

但不出所料，批西．普藍克一點都不覺得有趣。事實上他火大了，火大到他猛然站起來大吼：

「給我出去！」

他們站在冰寒地凍的警局外。阿飛試圖安慰蓋比姿，她看起來非常氣餒。

「別這樣，蓋比姿，我們也不能怪他。」阿飛說，「我的意

思是說，這一切聽起來確實很令人難以置信……」

現在才傍晚，但天空早已變暗了。小女孩望向天空時，一陣邪惡的寒風吹過。

「他們今晚會發動攻勢，」蓋比姿說，她看著整片烏雲在頭頂上捲動著，「我就是有這種感覺，在這個鎮上的某處，有個小孩會在驚聲尖叫中醒來……」

11 計畫

「你回來晚了，兒子……」爸爸在阿飛走進小屋的前門時從客廳出聲。

「喔，我，呃，我去西洋棋社……」阿飛回答。這不是個聰明的謊言，因爲他連怎麼下西洋跳棋都不太清楚，更別說是西洋棋了，但他不想讓爸爸擔心。然後，當他走進客廳時，阿飛看見那女人也來了。

溫妮。

「好消息，小阿飛！」她放下薄薄的毯子後宣布。

「什麼好消息？」阿飛問，暗自期待她說她將移民海外。

「我幫你預約好牙醫師了！」她驕傲地說。

阿飛嚇壞了。

「好消息，不是嗎，兒子？」爸爸說。

「早上我和露特女士通過電話，」溫妮說，「她告訴我她記得在學校見過你，總之，雖然她的預約已經滿了，但由於你的癡實在太過糟糕，她可以先安排你在明天下午兩點看診！」

明天是星期三，阿飛當然要去學校上課，更明確地說，是兩節連在一起的數學課。男孩痛恨數學，但**兩節**數學課，甚至**三堂**數學課，**四堂**數學課或**永無止盡**的數學課，都好過讓他的牙齒被探查、被亂戳、或甚至被拔掉。尤其是被那個女人。阿飛討厭有關數學的一切，任何跟數學有一點相關的——乘法表、方程式、代數——但這些都遠遠比不上任何牙醫的虐待手法。

「感恩啊，溫妮。」阿飛口是心非。

「你要怎麼去牙醫診所？」爸爸問。

「別擔心，我可以從學校搭公車過去。」這個鎮上的公車長期以來都有著不太牢靠的名聲。當然，阿飛根本沒有打算去看牙醫，但有這樣的公車服務品質，代表他將有一大串可能的藉口可以用來說明爲何他沒去赴約。

- 我等了又等，但公車始終沒來（老套但好用）。

- 我搭錯公車了，那輛公車原來是
讓越野機車團隊表演飛越用的。

● 一個世界上最胖的男人想要跳上公車，結果公車側翻了。

● 公車在動物園停靠時有一群企鵝要上車，
可是牠們沒有一隻身上有剛好的零錢，
司機被搞得很生氣，於是拖延了好幾個小時。

● 一群銀行搶匪劫持了公車，要求司機開往墨西哥。

● 公車司機誤闖進一個矮橋下的通道，
一群科學家得把車縮小，才能讓公車順利穿出去。
當然這很耗時，因為科學家們得先發明出縮小機。

● 公車被鄰居的狗吃掉了（這比較適合用在回家作業上）。

● 公車事實上是個變形金剛，一個機器人的偽裝。
去牙醫的行程因此被拖延了，
因為它得和其它的變形金剛決鬥看誰有資格統治宇宙。
還有，路上也剛好在修路。

- 公車爆胎，我們需要全世界力氣最大的人幫忙抬車好換輪胎。
但因為沒有任何乘客知道誰是世界上最有力的人，
所以我們在路邊舉辦「誰是世界上最強壯的人」的比賽。
然後光是為了選出優勝者而舉辦的好幾輪賽事就花了好幾天。

● 公車被捲進時空渦漩，
我穿越時空到了幾十億年後地球被外星人掌管的未來裡
（這點子只能當最後的手段使用）。

不過，溫妮懷疑地打量著這個男孩。在她多年的社工生涯裡，已經處理過各種難應付的孩子，這個鎮上到處都有像阿飛這樣的小孩，他們會說謊或騙人來逃過寄生蟲、耳屎、疣或牙齒的檢查。溫妮突然靈光一閃，她說：「不不不，阿飛，你不用搭公車……」

「不用？」阿飛問。

「不用，我騎機車載你去。」

「眞是謝謝妳，溫妮。」爸爸說。

「這只是服務的一部分而已，格理費癡先生。」

社工詳細地解釋她的計畫：下午一點三十分，她會騎機車去學校接阿飛。從學校到診所只需要十五分鐘的車程，所以他們絕不會遲到。事實上，還很有可能提早抵達。

等他們抵達牙醫那，溫妮會親自帶他上樓，這樣阿飛就絕對沒有機會臨時更改行程跑到附近的糖果店。下一步，在露特女士檢查阿飛牙齒的同時，溫妮會在一旁等著，然後幫他預約下一次看診的時間。

最後，她會載他回學校，他甚至有可能不會完全錯過連著兩堂的數學課！

溫妮

熱帶魚

這是個如此縝密的計畫，怎麼可能會失敗呢？

阿飛看著窗外，這位準備離去的社工，在窗框中看起來像條水族箱裡的大熱帶魚，正坐上她的紅色小摩托車噗噗上路。

她離去時，那台機車斷斷續續地發出一種**忒**—**忒**—**忒**—的聲音，她躲開了停在路邊的車，但被路面上的減速凸塊彈躍得前輪離地，之後就消失在他的視線範圍內。

「好啦，我的小狗狗……」爸爸說，父子兩

人稍晚坐在點著蠟燭的客廳裡，電力公司早在幾年前就切斷他們家的電了。

「準備好要開始今晚的歷險了嗎？」

「準備好了，爸爸。」他順從地回答。

事實上，男孩並沒有準備好。阿飛有著比虛幻旅程更大的事盤據在心頭。

「那麼閉上你的眼睛，並且相信……」爸爸說。

阿飛嘆了口氣，勉強地半閉雙眼。當學校的其他男孩們都在看３Ｄ電影或玩最新的電玩時，他卻和爸爸一起坐在黑暗之中。

「想像我們在一個古老的城堡裡，圍坐在一張巨大的圓木桌前。我們穿著很重的盔甲，佩戴長劍，我們是武士。有另外十個武士和我們坐在一起，這是亞瑟王的時代，我們是兩名圓桌武士。現在換你了，兒子……」

阿飛的思緒四處遊走，此刻他的腦子裡有太多嗡嗡聲……那被蓋比姿挖掘出的恐怖事件、好管閒事社工的到來、和超詭異露特女士的牙醫之約，因此，雖然阿飛有聽到爸爸說的話，可是他沒聽進去。

「好吧，嗯，我們是武士沒錯，所以，嗯……我不知……」

爸爸張開他的眼睛，看到阿飛也張著眼。「怎麼了，兒子？」

「沒什麼，爸，對不起，我有一堆學校的事要處理，下學期有些很重要的考試……」

燭光在黑暗中閃爍，但仍有足夠的光線能看出爸爸心情不太好，他伸手去摸他兒子的手。

「小狗狗，如果有什麼事不對勁，你會告訴我的，會吧？」

「當然。」阿飛抽開他的手說。

他的心思轉個不停，要他接近任何牙醫診所，門都沒有。

阿飛需要想個對策，而且要快。

12 對策

每天上學之前，阿飛都得早起。因爲除了替出門做準備之外，他也得照顧爸爸。穿好制服後，他幫忙爸爸梳洗和穿衣，接下來他要準備兩人的早餐。今早儲藏櫃裡已經沒有東西可以放在唯一一塊不新鮮的麵包上了。

男孩分了一半較大塊的給爸爸，但爸爸趁著阿飛轉過身時，偷偷對調了盤子，這樣他的兒子就能吃那片較大的。在阿飛察覺以前，他已經快遲到了。

「記得，溫妮一點半會去學校接你，載你到牙醫那裡去。」爸爸說。

「我怎麼可能會忘記？」男孩說。

「她是個好人，她甚至幫我打電話通知學校，所以學校也都知道了。」

「她眞是好心啊。」阿飛口是心非地說。

「別遲到了。」

「別擔心，爸，我會去看牙醫的。」

男孩說謊。阿飛親親爸爸的額頭，一如他每天早上上學前都會做的。阿飛昨晚睡不著，爲了擬定對策，他的思緒咻咻地轉個不停。計畫很簡單，超級簡單：**他要躲起來。**

這是個三步驟的計畫：

1. 下午一點二十九分，阿飛會在數學課堂上說抱歉，他得去看牙醫。
2. 然後他要躲在某個地方。校園很遼闊，一定有好幾百個能夠藏身的地方，儲藏室的櫃子、遺失雜物堆放區，甚至是圖書館的地圖庫後面，任何那個管家婆無法找到他的地方。

3.最後，他會躲到放學的鐘聲響起，然後直接加入學生們回家的隊伍。

「呸叱，阿飛……」男孩在操場上四處張望，但他找不到是誰在叫他。

「呸叱……垃圾桶後面……」

一大早，整個校園都充滿了孩子們的喧鬧聲。阿飛躊躇地繞過垃圾桶，當他發現那聲音是來自他的新朋友時，他鬆了一口氣。

「喔嗨，蓋比姿。」阿飛說。

「昨晚，又有十三個已知的攻擊！」

「哇！」阿飛目瞪口呆。

「他們在枕頭底下找到各種東西……」

「例如什麼？」

「一條被一刀割下的狗尾巴、一塊長毛的疣、一尾還在蠕動的電鰻，而且今天早上，你沒發現什麼特別的事嗎？」小女孩說。

「關於什麼？」

「你看他們……」阿飛站在垃圾桶後面仔細看著他的同學們。第一眼他沒有注意到什麼特別的地方。

「我看不出來……」男孩說。

「我以爲你和其他人不一樣，我以爲你很聰明。」

阿飛決定再重新確認一次好證明蓋比姿的判斷沒錯。現在他更仔細地看，注意到同學們比往常安靜許多，很多人痛苦地托著下巴。

「牙痛！」男孩宣布。

「賓果！我們總算有共識了。」說完蓋比姿嘆了口氣。

「一定是露特女士給的糖……」

「這還用你說。」她用一種嘲諷的語氣回嘴。

阿飛開始對自己完全被當成白癡的對話感到厭煩，「拜託妳閉嘴好不

好，我眞的開始覺得妳很討厭。」

阿飛整理一下自已的思緒，「所以很顯然地，這些糖果不可能是無糖的，它們一定都含糖。可是，爲什麼露特女士要這麼做？難道她只是爲了要得到新的病人？」

「或者這只是某種病態又扭曲的玩笑？」蓋比姿靜靜地說。

阿飛突然想起來，「妳一定不敢相信，我的社工安排我今天下午去露特女士那邊看牙齒……」

一個大大的微笑在小女孩臉上擴散開來，「眞是太好了！」

「蛤？」阿飛不敢置信地說。

「你可以在她的診療室到處看看有沒有什麼線索，觀察有沒有什麼東西可以把她和一直在發生的奇怪事件做連結。」

阿飛不敢相信他聽到的。「妳瘋了嗎？那女人嚇壞我了，我才不要接近任何她在的地方，誰知道她會做出什麼事？」

「膽小貓。」

阿飛低頭看著蓋比姿，他不敢相信自己會被人叫「膽小貓」。

被一個才十一歲的女孩。

而且至少矮他一個頭。

「妳再說一次！」阿飛說。

蓋比姿可不是被嚇大的，「膽小貓膽小貓膽小貓。」她奚落。

「嘿，神探小姐！妳不是超想揭發她的嗎？妳怎麼不自己去看牙醫？」阿飛冷笑。

蓋比姿瞪他一眼，「也許我會去……」她說完便轉過身去，甩了一下她的亂髮，大搖大擺地往教室走。

阿飛上課的時間緩慢地流逝，每堂課都像延長了好幾個小時。男孩等著數學課的到來，到時他就能執行他的三步驟計畫。要他去露特女士的診療室並讓她把牙齒拔掉，門都沒有，阿飛一點都不在乎他是不是一隻「膽小貓」。

終於，時間到了，現在是下午一點二十九分。

阿飛在一個非常困難的代數題目中舉手，希望老師原諒他必須離開課堂。

他的數學老師——吳先生，早就被學校祕書告知有關看牙的事。

「太好了。我早就覺得你該去看牙齒了，格理費斯同學……」老師對著全班正在偷笑的同學宣布。

阿飛沒說什麼，他站起來，收拾課本，然後離開教室。

蹦！這個計畫像個滴答滴答的時鐘開始進行。阿飛現在唯一得做的，就是找個地方躲起來。而且要快。他邊走邊快速地檢查工具間的門把。

可惡，鎖著。

在經過每間教室時，他都會在教室門上的玻璃窗下壓低身子，以免引起視線亂射的老師們懷疑。

他往樓上走去，在經過樓梯間的一扇窗時向外看，透過骯髒的玻璃，阿飛從空曠無人的操場一路看到偌大的學校大門。

那個無法被錯認也無法視而不見的溫妮的身影，正站在雨中，她紅色的小機車就停在身旁。她身上穿著一件橘色的大雨

衣，它在寒風中飄盪著，給人一種彷彿一個帳篷就要從它的支架上脫離、向天空高飛而去的感覺。

有那麼一瞬間，一陣罪惡感向阿飛襲來。那位社工站在冷冷的雨中等他，她也只不過是想幫忙不是嗎？他想，但第二個念頭緊接著而來……

不，她只是個愛管閒事的歐巴桑。在他默默地看著她時，溫妮正巧舉起手來看錶，然後又抬頭看向學校。阿飛趕緊低下身去。

她看到他了嗎？他不敢確定。

男孩往樓上跑，繼續拚命尋找一個可以躲藏的地方。所有的教室都有人在上課，陶藝室門鎖著，而現在才要往下衝到最底層的鍋爐室已經太冒險了。

就在此時，他聽到一個從學校正中央傳來的聲音，一個阿飛不可能事先計畫、反計畫，或甚至反反計畫的聲音，那**忒——忒——忒**的溫妮的摩托車正騎過走廊的聲音……

13 即興演出！

阿飛匆忙跑過一個告示牌，那上面寫著：**禁止在走廊上奔跑**。

他開始喘不過氣來了，一種驚慌的感覺向他湧來。他怎麼可能跑得過一輛機車？即使是一輛超重的機車？

機車的引擎聲越來越大，表示溫妮離他越來越近了。阿飛躡手躡腳地朝著中央樓梯座而去，躲在樓梯扶欄的後面。從三層樓高的上方，向下看她往什麼方向走……

下方發出**忒**——**忒**——**忒**聲音的是她的

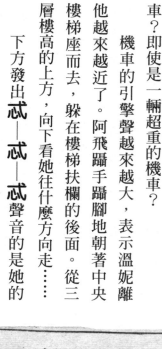

紅色機車，社工的雙腿就跨在機車的兩旁。那輛機車緩緩地前進著，溫妮的涼鞋不時地在地上蜻蜓點水，因爲她一邊騎一邊看進每間教室，尋找她的獵物。

即使離她有點距離，阿飛也能感覺到溫妮的怒氣，沒人喜歡在風雨中等人，現在社工的臉變形到她好像在嚼一根帶刺的植物。

阿飛保持不動好一陣子，因爲任何風吹草動都可能會被溫妮察覺。

在下層走廊來回巡邏過後，溫妮從她的機車上站了起來，在樓梯間來回地繞了幾次以增強動力，然後突然地，一陣刺耳的催油門聲響起，她爬上了第一階樓梯。

阿飛嚇得在扶欄後倒彈了一步，也因此，溫妮看到他了。

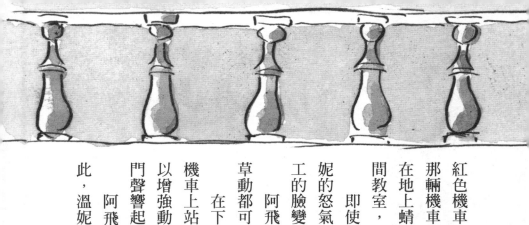

「阿飛！」

她一邊大聲嚷叫著一邊把車騎上樓去。

「阿飛！到這裡來，小子！」

阿飛拔腿就跑，但他不知該跑向哪裡。

他朝另一條走廊飛奔而去，沿途中不停撞到牆壁，他的雙腿跑得比他的心告訴他「快跑」還快。

因爲平常總在不同科目的教室間跋涉上課的經驗，學校的地圖在他腦中展開，現在這張地圖警告他，他跑進一條死路了。

引擎聲越來越吵了。阿飛現在困在走廊的盡

頭，巨大的置物櫃擋在他面前，溫妮則已經騎上頂樓，並且向他飛馳而來。

他向左邊試，但語言研究室的門鎖著，溫妮騎著機車步步逼近。

他向右邊再試，轉動門把並用身體撞門，一陣努力後終於撞進房間裡，但阿飛赫然發現自己闖入一堂戲劇課中……

「上吧！即興演出！」戲劇老師大叫。

教戲劇的是史努德先生，他是個禿頭而且戴著眼鏡，永遠都穿著高領衫和黑牛仔褲及黑鞋子，如果他站在講臺的黑布幕前，那景象看起來就像是一個大型的水煮蛋漂浮著。

史努德爲戲劇而活、而呼吸，戲劇是他的摯愛，戲劇是他的人生，戲劇簡直就是他的人生大戲，史努德用他那驚人的熱誠教授這個科目。

阿飛以前就發現，在史努德的課堂上假裝是一棵樹還挺讓人尷尬的，多數的學生都這樣覺得。事實上，當阿飛闖進教室時，所有的孩子們都在偷懶，他們寧可待在別的地方也不想上這堂課。

他們不情願地試著即興演出一場主題是世界末日的戲，這永遠是史努德在任何「即興演出」中最愛的開場——世界末日。

「一顆大行星就要撞上地球了，即興演出！」這就是這顆漂浮水煮蛋多數時候開始上課的開場白。

然後史努德會很戲劇性地轉動椅子並坐上去，反坐的他，會把他的短腿跨在椅子的兩旁。從那一刻起，他會專注地看著他的學生們，生硬含糊地來回說著關於一顆大行星即將撞上地球的台詞。事實上他們都真心祈禱會有顆行星來撞地球，好讓他們可以解脫。

「我剛才說『**即興演出**』！」史努德喊叫著。

「我今天沒有戲劇課，老師……」阿飛說。

「沒關係，孩子……」史努德用他那深沉又濃郁的嗓音說著，那聲音聽起來就像巧克力慕思一樣濃郁。「既來之則安之。有顆大行星即將撞上地球了，而且就要摧毀掉全人類、所有的動物、植物的性命！**即興演出**！」

「呃……」阿飛說，他腦中一片空白，不過依舊能聽到機車就在教室外。

「即興演出啊！」史努德先生要求。

「呃，這個行星撞地球，是個壞消息，」阿飛急忙地說，「但也有個好消息，我叫的披薩已經來了。」

就在此時，溫妮的機車衝破教室的門，即便是史努德也被這個情況嚇得後退了一步，但即興表演的熱度也在此刻上升，這可不是喊停的時候。

「即興演出！」

「什麼？」溫妮回答，她的目光一邊盯著阿飛一邊努力剎車。

「告訴我們，妳有什麼口味的披薩！」史努德叫著。

「我不是送披薩的，你這個白癡，我是個社工。」

「現在，我們上了一課，」史努德轉向他的學生們，「這個女士做錯了什麼？有沒有人要說？沒有嗎？她在即興演出中變更了自己的角色。如

同我一直在說的，**這是即興演出的禁忌！」**

「我來這裡是爲了抓這個孩子去看牙醫的！」溫妮吼著。

「這種情形我是怎麼說的，即興演出的第一條規則是……有沒有人要說？沒有嗎？永遠不要中斷一個即興演出，這是**另一個即興演出的禁忌**。我剛剛確實很激動，一顆行星就要撞上地球了，而披薩剛好送達（順便一提，這實在是個很厲害的即興演出，太恭喜你了，阿飛，也許你想要最後一餐是免費附贈的大蒜麵包）。但是加一場牙醫預約來攪局實在是太超過了。我很抱歉這麼說，但這變成是**即興演出**中的一個**即興演出**中的一個**即興演出**，這是**即興演出中萬萬不可的禁忌！**」

溫妮愣住了，她整個身體都隨著機車引擎的振動在抖動著，她用一種很嚴厲的目光瞪著史努德看。

「我不知道你是誰，但拜託你給我停止那些屁話！」

然後她把她的注意力轉回阿飛身上，「你！現在，立刻，給我上車！」

「噢，我倒是喜歡這一段，大大增強了緊張感、戲劇感，這

些是戲劇最佳的元素，究竟，他會不會上車呢？」老師低喃。

阿飛突然推出一張椅子擋住機車的去路，並從教室逃出去。溫妮閃過椅子跟在後面緊追。

「讓我們看看即興演出要帶我們去哪裡！上啊，我的演員們，現在這是一場移動式的即興演出！」

史努德先生站起來，對著空氣興奮地揮拳，帶領那些一臉困惑的學生們走出教室。他們追在溫妮後面，而溫妮追在重返走廊奔跑的阿飛後面。

阿飛在一個轉角撞上從反方向走過來的校長。

「你給我過來……」灰先生說，他盡最大的努力讓自己聽起來具有權威感，但還是不怎麼成功。「這告示牌上寫著什麼？」

「廁所？」阿飛說出答案。

「另一個告示牌！」

「喔，『禁止在走廊上奔跑』。」

「謝謝。你剛剛差點把我撞倒！」

「抱歉，校長。」

「你這樣有可能會把別人的眼睛撞掉。」阿飛不敢肯定這種事有發生的可能，但師長們常故意這樣說。在他們心中，幾乎任何事都會讓人眼睛掉下來。

禁止在
走廊上奔跑
廁所

• 一顆閒晃的足球。

• 一個放在不該放的地方的袋子。

• 甚至作業遲交。

總之，現在不是爭辯的時候。「是的，抱歉，校長。」阿飛順從地說。

「好了，你可以走了，孩子，」校長說。一個得意的笑容在他臉上綻放開來，他終於做了一件有校長風範的事。

「謝謝，校長。」阿飛用非跑步的競走方式快速離去。而灰先生調正他灰色的領帶，用他的手指梳理了一下他灰色的頭髮，帶著重新調整過的良好自我感覺，繼續往他的方向前進。

然而，才一轉彎他就尖叫起來……

「啊啊啊啊啊啊啊啊呼呼呼呼呼呼嗚嗚嗚嗚嗚嗚嗚嗚嗚嗚嗚！」

溫妮和她的機車正向校長飛來。
「快給我閃開，你這笨東西！」溫妮大吼。
千鈞一髮之際，灰先生往牆壁退去。
「這位女士！」校長在後面叫她。
「請不要在走廊上騎機車或任何兩輪的電動摩托車！」
溫妮沒有回頭，在引擎的運轉聲中她根本聽不到。

校長站在那裡看著溫妮消失在走廊上，他一面搖頭一面嘆氣。

就在此時，他又被戲劇老師撞倒，然後陸續被他的三十個學生踩過。

史努德先生一面經過校長身上時，一面留下評語，「非常強而有力的踩踏劇情啊，校長！太恭喜你了！」

14 鋼珠

阿飛朝著下一個轉角狂奔，但卻絆到一個書包。在雙眼還健在的情況下，他摔進一個半掩的門裡，在科學實驗室的地板上驚聲著地。

這個可憐的老教師——哈爾小姐，恰巧在進行一個磁鐵和滾珠軸承的脆弱實驗。

當阿飛撞門而入時，她嚇得將手上那一大盒的滾珠摔在地板上。

幾秒間，成千上萬跳躍的小鋼珠已經散落在地上。

在阿飛試圖爬起來時，一大堆鋼珠快速地滾入他的腳底。

於是他彷彿穿了一雙擁有自我意識但已經發瘋的溜冰鞋，開始在教室裡四處滑行，就像個爛醉的酒鬼試著跳舞。

既嚴謹又中規中矩的哈爾小姐大聲喊叫著，「你，孩子，給我過來這裡！」她作勢撲向阿飛。

然而，這些小鋼珠們也在她的鞋底下滾動著，哈爾小姐開始在教室裡滑得像隻冰上火雞。她無法讓自己停下來，跌個四腳朝天。

這位科學老師的雙腿現在位於原本是她雙臂的高度，但更慘的是，她的燈籠內褲在她的頭原本的位置。

哈爾小姐在全班面前露出她的內褲。這些同學原本並沒有預期今天下午會發生比滾珠軸承朝著磁鐵而去更刺激的事，但現在他們滿堂爆笑，大家都能毫無困難地把老師的燈籠內褲給看個仔細。

而且這可不是普通的燈籠褲呢，不，這燈籠褲不但相當大還滾著花邊，簡直是維多利亞時代的。

笑聲轉眼間就變成一片驚呼，因爲一個騎在小小機車上的超大號女士，闖入教室時把門從門框上給撞掉了。

溫妮催油門催到機車發出吼叫聲，「你給我上車，小子！」就在此時，史努德先生和他戲劇課的學生們也追上了，他們擠在門框邊，繼續觀賞這齣即興演出的發展。

「不要！」阿飛吼叫著，「**休想！**」

「嗯，上學期我告訴過你們什麼？」戲劇老師

對著他的學生們教學，「即興演出的重要規則，有人要說嗎？沒有嗎？任何即興演出永遠都要說『好』！說『不』可是即興演出的禁忌。」

阿飛向左撲，機車就向左駛。

他向右撲，機車就跟著向右駛。

然後他低頭屈膝潛入桌椅下，試圖往門口脫逃。

此時完全漲紅臉的哈爾小姐，在這個肯定會成爲校園永恆傳奇的「燈籠褲」意外中，穩住了自己的身體。

她裝作沒事一樣，用手撫平了她的粗呢打摺裙。她也起身追起阿飛，她抓住外套，用盡全力地揪住那塊布，而阿飛爲了甩掉她，把自己的身體猛然往前傾。

哈爾小姐再次失去平衡向後跌，如今她的燈籠褲看起來不僅穿越了時間也穿越了空間。這是「燈籠褲二代」或是「燈籠褲：續集」，一部賣座片的續集加映。坐在機車上的溫妮則退到教室門口擋住阿飛的出路。

「投降吧，孩子！」

「不要！」

「你沒辦法躲一輩子的！」

「而你也沒辦法……」阿飛拚命地尋找著準確的詞彙，「機車一輩子！」

他找不到更好的詞了。

男孩無路可去了，門已經被史努德和他的戲劇課學生們堵住了，從窗戶跳出去也不是個選項，因爲這裡可是有三層樓高。阿飛被困住了。

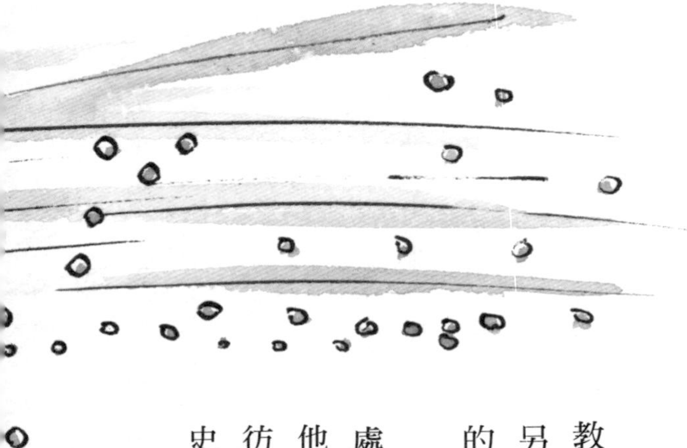

15 滑下樓

不過阿飛可不打算放棄。他跳上教室前方的教師桌，降落在一個放著磁鐵的托盤旁，托盤的另一邊是一整盒的鋼珠。那一瞬間，一個大膽的計畫閃過他的腦袋。

首先，他把盒子摔在地上，讓這些鋼珠四處散落，接下來他抓起托盤擺在胸前，最後，他在這片珠海中起航，將自己射過教室的地板，彷彿他是單人長雪橇賽的參賽者。阿飛疾馳穿過史努德的胯下，越過教室的門框。

這些鋼珠跟著滾入走廊上，而阿飛依然趴臥

在托盤上，快速地在這些珠子上面滑著。他回過頭，發現史努德和他的學生們被困在他們腳下的那一片珠海中，極盡全力地試著保持著站姿。史努德轉過身大喊，「讓我們和即興演出一起搖滾吧！」托盤猛飛過好幾間教室，來到寬闊的頂樓中央樓梯間。

「噢！不！」阿飛閉上雙眼。

這托盤……

吭唧

吭唧

吭唧地

……滑衝下樓，每一階都震動著他的骨頭。

忑—忑—忑—溫妮的機車跟在他身後，而哈爾小姐、史努德以及他們課堂上的學生們，都緊追在後。當托盤加速到阿飛無法停止時，他看到一個人影在樓梯下面，那是校長，灰先生，正往他安全的辦公室走去。

隨著每一聲……

吭唧

吭唧

吭唧地

托盤正用危險的速率急速增加本身的衝力。在阿飛加速衝下樓時，他很快就發現他會撞上校長，完全停不下來了。

蹦！

托盤猛力擊中了灰先生的腳踝。校長摔進空中，阿飛也從托盤上被甩出，他們在樓梯底下東倒西歪地摔成一團。

「抱歉，校長，雖然我很想留在這裡讓你宣布我被留校察看了……」阿飛說，他一邊跛著腳爬起來，一邊扶起灰先生，「……但我真的得趕快走了。」說完，男孩就往通向操場的門衝出去了。就在校長準備叫住他時……

踫！

……這個可憐的男人又被一個用最高速度騎著機車的壯婦撞入了空中，灰先生著地時伴隨一聲……

砰！

……用他骨感的屁股落地。當他坐

在地上時，他以爲自己的苦難總算結束了，但誰都不忍心責備他天眞的想法。

因爲很顯然他錯了，大錯特錯。在他剛把自己又拖拉起來的當下，他再次著地，伴隨著一聲……

磅！

……他變成了群踏的犧牲者。

灰先生再次地慘遭踩踏，這回可是加碼地被他自己的一團教職員、以及一群如雪球般越滾越大的學生們踩過。這場大騷動把大家都吸引到教室外了，因爲有個男孩在逃！

大家必須把他攔下來！他們跟隨著阿飛追到操場來。

接下來學校餐廳的阿姨們也加入了陣容，她們以她們的小壯腿所能使出的最高時速衝出，意氣高昂地成軍。

園丁也停止掃除停車場裡的落葉，加入了這群暴民，在空中揮舞著他的耙子。

「道具的運用很有想像力啊！」史努德評論道。

即使是老祕書海菊小姐，也拿出了她的助步架，「我會抓住他的！」她叫著，在這條人龍後奮力地跟著，雖然她前進的速度跟不上大家。

溫妮是這條人龍的龍頭，她用機車追著阿飛，「**擋住那小子！**」她吼著，但男孩依然繼續往前跑。

阿飛跑啊跑啊跑地，他並不是天生的運動員，一生之中也未曾跑得如此快。

失望的情緒此刻湧上心頭，爲什麼這不在奧運中計分呢，如果可以，他應該已經刷新了某項世界紀錄了吧？轉過頭看，阿飛發現現在已經有幾百個人追在他後面了。

這是一個男孩力抗一團軍隊的故事，但他還沒打算投降。他看見眼前那座通往外面街道的巨大鐵柵欄。

總不可能全校人馬都跟著我跑出去吧？阿飛想。

但他錯了。

16 招喚之手

「擋住那小子！」溫妮在阿飛閃過一些推嬰兒車的媽媽們時這樣大聲咆哮著。那些媽媽們馬上將嬰兒車調頭，很快地，裡面的嬰兒們都在車裡上下震盪著，因爲他們也加入了追緝行列。一個賣棒棒糖女士、一個流浪漢，甚至一群事實上只會喝茶看報紙調戲過路正妹的挖路工們，都加入了這場狩獵。

溫妮突然瞄到了批西．普藍克，他明明正在街上巡邏，卻不知怎麼地，他竟然完全沒發現周遭正在發生的一切。於是溫妮對著他怒吼：**「快點抓住他啊，警官！」**

警察終於發現這是他生命中重大的一刻，這就是多年來在警校受訓的目的。女王陛下將會因爲他的英勇舉動，而親自頒發勳章給他。那個八、九十歲的蘇格蘭蛋扒手只是小菜一碟，現在才是時候，是時候建功立業了。普藍克人生中重大的一刻。所以他開始慢跑起來。

「喔，原來是你！回來這裡，小子！」他無能地叫著。只是慢跑了幾步的普藍克很快就上氣不接下氣了，連競走也超過他能力所及。最後，連走路都成了問題，他邊靠在牆上試圖喘氣平息呼吸，一邊啓動他的無線電對講機。

「普藍克呼叫總部。我需要緊急後援。重覆，緊急後援，我筋疲力盡了，重覆，筋疲力盡了。你們來的時候能順便幫我帶包鹽酥洋芋片嗎？重覆，鹽酥洋芋片，緊急，結束。」

阿飛繼續奔逃，他不知道該往何處去，他只知道他得跑。跑過一個彎，阿飛看見眼前出現了一排蕭條的商店街，多數商店早就關門歇業，而且還釘木條封死了。

這時警笛聲由遠而近響起。普藍克的後援從警局趕到了，一瞬間兩部警車轉入商店街，在道路的中央嘰的一聲停了下來，員警們迅速下車並躲入引擎蓋後方尋求掩護，其中一人拿出擴音器。

「自首吧，孩子！你已經無處可逃了……」

「你們有幫我帶鹽酥洋芋片來嗎？」普藍克用對講機問他們。

「無！」夾著雜音的回覆傳入普藍克的對講機裡，「已經賣光了，所以我們買了起司和洋蔥口味！結束。」

「我不喜歡起司和炸洋蔥口味的，」普藍克回答，「重覆。拒絕起司和炸洋蔥口味的洋芋片，結束。」

阿飛往後看，他不能後退了，而他也不能往前進，已經無路可退。溫妮嘖了嘖她的嘴唇，臉上浮現著一個得意的笑。「你這小子，準備去牙醫那報到吧！」

她贏了，不是嗎？

阿飛突然聽到一個嘎聲，他的目光在這些歇業的商店中四處掃視著，其中有扇門慢慢地打開了，一隻細瘦的手伸出來招喚他進門。

這是他唯一的逃生之路了，他毫不猶豫地向那裡跑去，蹣手蹣腳地進入門內，並用力地關上身後的門。

他可以聽到外面的人們向這奔來的騷動聲，接著是溫妮的聲音，「不用了！沒事了！現在可以放過他了！」

這給阿飛帶來了一種深深的不安，爲什麼他們不跟著他進來？就這樣放過他？也未免太容易了吧。

那隻手來得急也去得快，手的主人已不見蹤影。阿飛正前方有座狹窄的樓梯，他試著朝那裡走去。樓梯頂端又有個門打開了，那隻手再度出現，慢慢地勾引著他往前跟上。

現在他能清楚看見這些細瘦的長手指了，它們看起來幾乎超過人類手指該有的長度。

一陣強烈的恐懼感向阿飛襲來，他試著阻止自己，但身體卻不聽使喚地往上爬，一階又一階，他還是來到了頂樓門口，阿飛心跳得比他在奔逃的時候還要快，他的口乾得像座沙漠，他慢慢地進了門。

一個刺目的光圈向他投射過來，比太陽更光明、更灼熱地閃耀著。阿飛勉強能看出一個人形，是個女人，有著一坨霜淇淋形狀的髮型。她身後的光芒是如此炫目，可是除了她的身形輪廓，他什麼也看不清。

「哈囉，阿飛，」那熟悉的念咒語調說著，「我一直在等你呢……」

17 到媽咪這裡來

阿飛在連門把都沒碰到的情況下，身後的門卻緩慢而緊緊地關上了，接著是一把鑰匙的轉動聲，他不知不覺間被鎖在房裡了。

「太棒了！下午兩點整！你趕上了預約呢！快進來吧……」

露特女士的聲音有種催眠效果。

阿飛心裡非常清楚他得逃跑，但他的腿卻引領他向前走去，他一步一步地走向露特女士。

「到媽咪這裡來……」她輕聲說。

隨著他的走近，他可以看出強光的來源是個巨大的多角度無影燈。現在阿飛被

籠罩在她的陰影中，他可以更清楚地檢視露特女士，他由下往上地看著她，第一個進入他眼簾的是她那又閃又大的一排白牙齒，大得就像演奏鋼琴上的象牙白鍵。接著他注意到她的眼睛，這對眼睛，這對黑眼睛，它們是如此地黑，彷彿深深地看進去，就能看得到自己的死亡。

就在此時，阿飛感覺到他的身體被牙醫椅吸引過去。牙醫椅看起來很老舊，像個骨董。

「別擔心，小阿飛，媽咪會溫柔對待你的……」阿飛發現自己正坐在這張牙醫椅上，它往後

倒到一個該有的角度。他往旁邊一看，她的推車又出現了。

這回上頭放滿驚人的牙醫器具配備，其中很多都生鏽了，有著老舊黑掉的木頭把手，有一些還有血跡沾染過的痕跡。

它們看起來更像該被放在博物館展覽，或是中世紀那種酷刑虐人的器具，而不是現代牙醫診所該有的工具。

那裡有各種尺寸的鑿子、槌子、鉗夾，還有個看起來像巨型螺絲錐的東西，甚至還有個小鋼鋸。躺在最後一排，傲視群雄的，是個大型且有殺傷力的鑽孔機。

這些東西沒有一樣看起來是用來解決牙痛的，它們看起來全都是製造痛苦用、讓人感到害怕的利器。

阿飛的雙眼在房間裡四處飄移，診療室裡沒有任何裝潢，一張牙醫師證書懸掛在牆上，但它的紙張和文字看起來像幾百年前的古物。

陳舊的醫藥櫃環繞著診療室，多數存放著露特女士那超毒的牙膏。

診療室角落放著一個閃亮的灰色金屬柱狀物，毫無疑問地，它裝著一氧化氮，或被稱爲「笑氣」的東西，是牙醫師經常用來緩解病患痛苦的工具。

但令人好奇的是，那看起來像汽車時速表。

它上面寫著：

慢、中、快、很快、極快、喔天啊！立刻就停下來吧。

診療室的窗全都漆成黑色的，既沒人能看進來，也沒人能看出去。

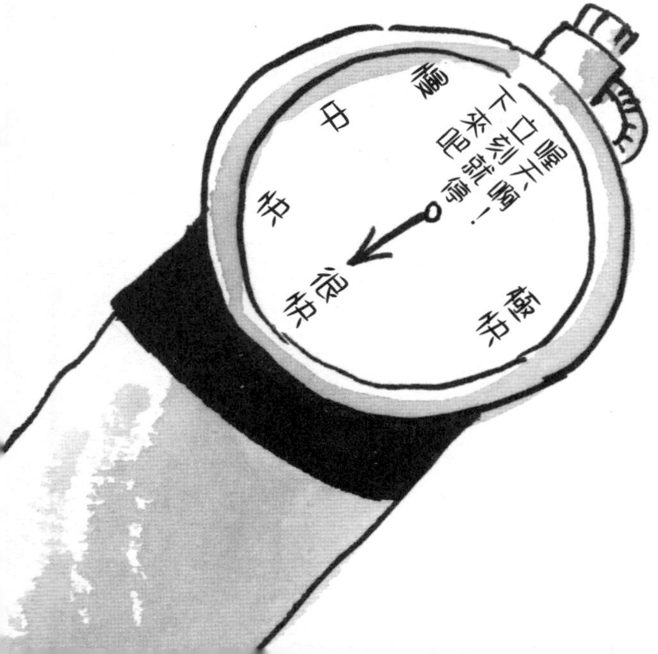

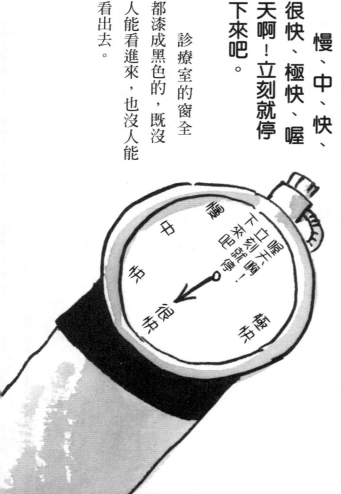

「呼呼呼呼呼呼呼呼呼呼
嗤嗤嗤嗤嘶嘶嘶嘶嘶嘶……！」

阿飛吃了一驚，發現有一隻如絲般的白貓悄悄溜進了診療室，牠對著男孩嘶叫。牠的背弓起來，尾巴向上張揚，粉紅色的肉墊啪搭啪搭地走進這房間裡來。

「喔，別介意阿牙，牠只是想表達牠的友善。放輕鬆吧，孩子。讓媽咪好好地照顧你……」牙醫像念咒般地說。露特女士拉了一個位於躺椅靠頭處的控制桿，一瞬間，金屬扣環從座位裡浮出來，把阿飛的雙手雙腳都銬定位。

「別擔心，孩子。這麼做是爲了你的安全著想，這樣你才不會亂動……」帶著一抹微笑，露特女士套上了薄膠手套。她慢條斯理地享受著每根又細又長的手指滑進手套的看診儀式。接下來，她從一個染有血跡的檔案櫃中取出一些文件來。

「阿飛，我發現你上一次看牙醫居然是六年前啊……嘖嘖嘖……」露特女士放下檔案，把燈轉向男孩的臉，它熱得像團火。

「嘴巴張大，來，乖孩子……」牙醫的雙眼直盯阿飛的眼睛。阿飛想大叫，但他沒有辦法，抵抗是沒有用的，她那一對黑眼睛正在下咒，就像在對他施展催眠術。

他口乾舌燥，牙醫食指上的手套在摸過他上排的牙齒時吱吱地叫著。她近身過來探看他的嘴巴時，阿飛能從臉上感覺到露特女士那冰冷的氣息，「牙結石，腐蝕，牙菌斑，牙周病，這簡直是天堂哪，極樂的天堂！」

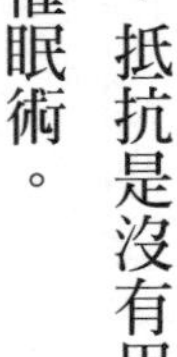

露特女士在挑選工具時，阿飛能聽到那骨董器具們互相摩擦出的吭啷聲。

「現在媽咪只是要檢查看看你有沒有蛀牙。」她接著說。

露特女士挑了一把看起來非常邪惡的工具，它的樣子與其說是牙科工具，不如說更像支魚叉，它上面有著一排尖銳的耙子，而每個耙都比上一個更大。看來像是在戳牙時製造出巨痛用的，而且是用來拔牙不是治牙。

「別擔心，阿飛，你不會有任何感覺的……」露特女士念咒般地說。她把這工具放進他顫抖的嘴裡，然後刺進他的一顆牙齒裡。

「嗯……你的嘴巴裡有好多可愛的蛀蝕啊……你可真是個百年難尋的珍品啊！」

牙醫緩緩地將工具從男孩的牙齒拉出，在她猛然一扭時，男孩在腦中因疼痛而大聲尖叫，可是他卻發不出任何聲音來。

吭啷，工具被放回推車上。

吭啷，一個新的工具又被挑起來。

現在輪到鉗子登場參與這場酷刑了，它們的金屬鉗口是令人難以置信的尖銳鋸齒。

「現在保持別動喔，阿飛……」露特女士輕聲地說。她把鉗子緩慢地伸入他的嘴裡，鉗口鎖定了他的一顆牙，「媽咪不會傷害你的……」她猛力拉轉著鉗子。阿飛可以感覺到某個東西跟著鉗子從他的嘴裡離去，在積滿眼淚的模糊視線中，他看見牙醫在他眼前揮動著一顆血淋淋的牙齒……

「看啊！」她催著，「對你來說，它只是一顆牙；對我而言，它簡直像顆鑽石，實在是太漂亮了。」

然後她叫著她的白貓，「阿牙？」牠從地板上躍起，並在阿飛的肚子上著陸，牠尖銳的爪子刺進了他的身體。阿牙開始舔拭從這顆牙齒滴到她主人手腕上的血。

「放輕鬆，」露特女士用她愉悅的聲音說，「這還只是剛開始而已！」

18 鬼臉冠軍

阿飛昏了過去。

他希望這一切只是個夢。

然後他緩緩張開眼睛。

一開始他只能看到圖形、顏色和形狀。

過了一會兒，阿飛發現他看著的是天花板，那些顏色和形狀事實上是噴濺的血跡，有些看起來濕潤有光澤，有些看起來則是深咖啡色且有龜裂，好像它們好幾年前就在那裡乾涸了。

這不是夢。阿飛發覺他依舊躺在牙醫的骨董椅上，他一定在那裡躺了好一陣子了，他的背很熱而且黏著汗。在他身後，某個他看不見的地方，他可以再次聽到那念咒般的聲音，這次是在算數……

「十八，十九，二十……」

她在數什麼？隨著每個數字，他可以聽到某個又小又堅實的，像小石子一樣的東西，被丟進鋼盆裡的聲音。

「二十一！」最後一個數字以一種特別雀躍的聲音喊出，再一次伴隨著一個物品撞擊金屬的吭啷聲。二十一個什麼？阿飛想。

他可以感覺到自己好像有點不同，可是他還沒能發現是哪裡不同。他從腳趾開始檢查起，他動了動它們，從那裡開始，他逐漸往上一一地檢查身體。

腳踝 ✓
膝蓋 ✓
手 ✓
手肘 ✓
肩膀 ✓
脖子 ✓

然後他用舌頭在嘴裡四處攪動了一下。不知怎麼地，感覺起來很空洞也很平滑。阿飛把舌頭移到嘴裡最遠的角落，他發誓他可以感覺到一些洞，像山洞那麼大的洞。

就在此時，阿飛終於明白：他沒有牙齒了！

銬住他手腳的金屬環扣已經被收回座位裡。

男孩馬上跳起來，他的頭撞上稍早曾經在他嘴巴上方盤旋的大熱燈，他動了動雙腳，跳下地板。

推車上有一個又髒又舊又有裂痕的鏡子，他抓起鏡子對著自己的臉。

阿飛確定牙醫就在他身後，但在鏡子的反射裡卻不見她的蹤影。

他慢慢地張開嘴巴，只能看見一片黑，他的牙齦還在，但全都紅腫起來。

他發現自己未來唯一的前途，是當個冠軍鬼臉王。（鬼臉是扮醜的一種古老技藝，冠軍鬼臉王經常沒有牙齒，甚至爲此拔光了牙，好讓他們心中的醜相毫無阻礙地被做出來。）

阿飛在鏡子前擠眉弄眼。萬分驚恐中，他發現自己能輕易地看起來像：

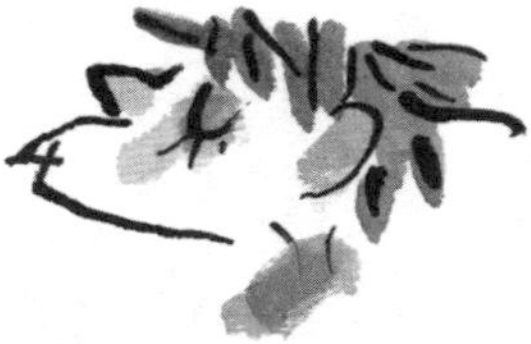

● 一條魚

● 一個吞了蒼蠅的老太太

● 一個吸著自己鼻子的男人

● 一粒胡桃

● 一個木偶

● 一隻嘟嘴索吻的青蛙

「你醒來啦？」露特女士開心地說。她從房間的角落轉身面對他，她的大白牙閃閃發亮。

「妳對我的牙齒做了什麼？」阿飛咆哮。這是他試著要說的，但事實上他說出來的是：「妳退偶的鴨癡錯了舌摸？」

阿飛又試了一次。「妳推偶的鴨癡拓了濕模！」

「實在是很抱歉，孩子，可是你說的我眞的一個字也聽不懂耶，有什麼問題嗎？」

「湯拿憂溫─梯！」男孩吼著，「妳八慌了偶底鴨癡！」

「我還是聽不懂你說的任何一個字，你能用寫的給媽咪看嗎？」

牙醫遞給他一疊空白預約卡和一枝筆，他火大地寫出一句：

「妳對我的牙齒做了什麼？」

那字跡又大又利又憤怒。

露特女士看了好一陣子。「嗯，我猜，你在問媽咪的是：『妳對我的牙齒做了什麼？』」

阿飛已經氣到冒煙了，他肯定露特女士很清楚他的意思，這是她緩慢折磨他的另一個手段。**「妳推偶的鴨癡握了舌磨！！！！」**

「拜託不要用那種語氣對媽咪說話嘛……」

阿飛現在直瞪著露特女士的眼睛，她也不甘示弱地盯回去。她的瞳孔黑得發亮，再看第二次，它們比煤炭還黑，比石油還黑，比黑夜更黑，比最黑的黑都更黑。簡單地說，它們就是黑。

「所以我對你的牙齒做了什麼？」阿飛上下地點著他的頭，每一次點都比前一次的點更用力些。阿牙

坐在露特女士的推車上，她開始用短音發出嘶叫聲，彷彿是在嘲笑他，

「嘶……嘶……嘶……」

「別擔心，孩子，媽咪把它們都放在安全的地方了，所有的小美人兒都在這裡……」她邊說邊小心翼翼地舉起一個小鋼盆到阿飛的耳邊，然後輕輕地搖晃著，那晃動聲讓她充滿了喜悅。

阿飛往鋼盆裡看。

這些是他的牙齒，每一顆都是，每一顆都悲哀地疊在另一顆上頭。

不可否認地，它們看起來並不健康，逃避看牙醫的這些年來，的確已經讓牙齒全都被太多的糖果汽水染黃了。

可是，牙醫眞的得一顆不留地全都拔掉嗎？

阿飛終於明白稍早她在數的是什麼了，是他的牙齒。

（一個十二歲的男孩應該有二十四顆左右的牙齒，但阿飛沒有那麼多。伊斯特懷爾先生，那個死得離奇的老牙醫，在多年前拔掉他一顆牙，在那之後又有一、兩顆牙齒自己掉了。）

十二歲的男孩的牙齒

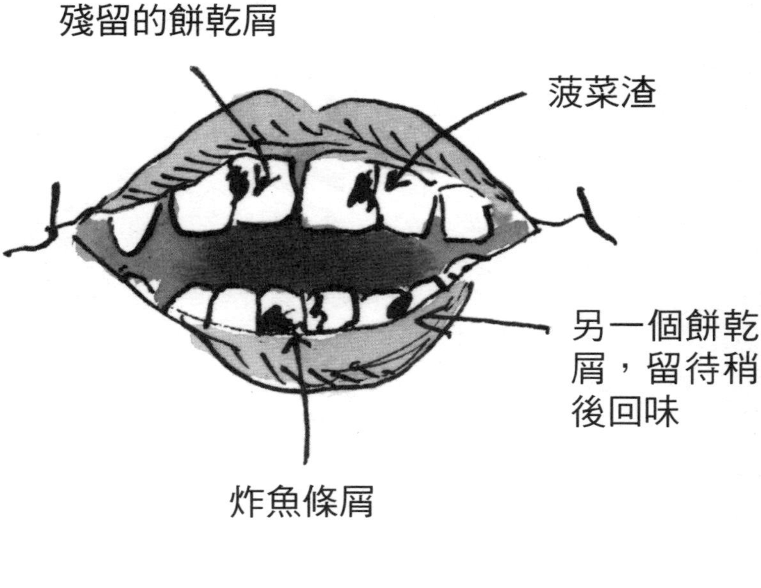

「**妳搭酸坐沙麼？**」

「你不介意再一次寫給媽咪看吧？」

露特女士看著那些預約卡向阿飛示意。

阿飛也再次憤怒地寫著：

「妳打算做什么？」

牙醫看了這張紙好一陣子，然後才問，「嗯，這個是簡寫的字『么』還是『公』啊？」

阿飛對她咆哮。

露特女士大聲地讀出來，「『妳打算做什麼？』，媽咪唸對了吧？」

阿飛點頭。

露特女士邊思考邊皺起眉頭。

「通常在看診後，我會對病患說那些固定的台詞……六個月後再來找我，然後不要忘記用牙線喔，認眞考慮投資一組電動牙刷，叭啦叭啦叭啦叭啦叭啦……但你已經完全不需要那些了呢，阿飛，你已經沒有任何一顆牙齒了，而且它們也不會再長回去了。」

牙醫一邊說著，一邊送這可憐的無齒男孩離開，最後她歡欣地補上一句，「祝你有美好的一天！」

19 冷凍的紙

阿飛迷失了。他知道他在哪裡，但他不知他該走向何方。回家？他不想讓他爸爸看到他這副模樣，這會讓爸爸傷心。學校？那會是個殘酷的地方。一個無齒的男孩？這就是他接下來的人生了，永遠。戴牙套或長有像兔子一樣的大門牙，就已經夠糟的了。阿飛想到了一個他唯一能去的地方……

叮咚！

男孩走進時，拉吉報攤店門上方的鈴聲響起。這是爲了向老闆警示顧客的上門或離去而安裝的，它同時也叫醒了拉吉。他是個塊頭大卻柔軟、像棉花糖一樣的男人，他喜歡賣糖果，但他更熱愛吃糖，在狂吃糖果還伴隨一整個下午的點心後，他通常會在櫃檯上睡著。

就在阿飛來訪的這個下午，拉吉打鼾時有一顆大糖球還塞在他的嘴裡，他的一灘口水流到櫃檯的報紙上。拉吉被鈴聲驚醒，他吐出口中糖球，興奮地叫嚷著：「噢，是小阿飛！我最喜歡的顧客！」他的聲音又開朗又鮮明，就像他賣的糖果一樣。

阿飛永遠期待看到拉吉。報攤老闆知道他和他爸爸很窮困，心地善良的他經常請阿飛吃糖，或讓他打包食物回家。一枝融化的冰棒、一條被動物輕微啃咬過的巧克力棒，或是一袋不小心被拉吉坐扁了的小人形狀的軟糖。拉吉不是有錢人，也沒辦法給他更多東西，但對阿飛和他爸爸來說，這些已經是來自天堂的禮物了，是不用餓著肚子睡覺的關鍵。

但今天來到拉吉這，阿飛甚至無法勉強地擠出一個微笑。

「你今天很安靜啊。」老闆若有所思地說，他仔細觀察著這個他最喜歡的顧客。事實上，拉吉有很多他「最喜歡」的顧客，這樣稱呼他們總會讓他們覺得自己很特別。「你今天看起來非常不同啊……」拉吉從櫃檯裡走出來，靠近查看這個男孩。

「你燙頭髮了！不不不……」這個想法在被他想出來的那一刻，就馬上被否決了。

「嗯，你噴了那些色調過橘的棕褐膚色噴劑！不不不……」拉吉低下頭來直視男孩的臉。阿飛張大嘴巴完整地秀出他那一片無齒的狀態。報攤老闆看了看，「我知道了！」拉吉興奮地喊著，「我知道了！」阿飛鼓勵性地點著頭，難道這還不夠明顯嗎？

「你去漂白你的牙齒了！」男孩翻了個白眼。

「喔，不不不，還是不對喔？」阿飛搖搖頭。

「你去把牙齒拔光了！」拉吉以放大一百倍的音量重覆說了一次，並再次確認這是否屬實。

「你真的去把牙齒拔光了！」

他大大地吃了一驚，嚇得他得往下坐，但他卻坐到一大箱的洋芋片上。很不幸地，他的體重超越這紙箱的承受力，幾秒間，他就把紙箱全都壓平了，他的屁股直接著地。一包包的洋芋片們全都爆開來了，爆成小碎片的洋芋片們在店裡噴灑了一地。

「喔！天啊！」拉吉邊說邊試著把屁股從地上抬起來。「記得提醒我這些洋芋片要降價促銷。」他一邊笨拙地爬起來一邊補充說著。

「可是為什麼啊，孩子？為什麼？為什要把所有的牙齒拔光？」阿飛早已放棄說話，他假裝在寫字，用國際性手語比劃著要「紙和筆」。

「簽帳單？不！不！是紙和筆！」拉吉猜，「我對猜謎很在行的！」報攤老闆開始慌忙地在他的店裡到處找紙筆。他的店是鎮上有名的髒亂之地，要在

裡面找東西不是容易的事，即使是老闆本人也一樣。

「我想我的冰櫃裡有一些便利貼，在紫雪糕的下面……」他滑開冰櫃上方的玻璃門，向內摸索。

「我不記得自己爲什麼要把便利貼放在這裡面，」他咕噥著，「但至少這樣它們不會變質……」

接下來拉吉跑到店裡的另一邊，「筆！」他大叫，「不久以前我把一枝筆插入冰凍果子露棒棒糖組裡。我吃掉了甘草棒，所以我把一枝黑筆塞進去補。我跟你保證，那當然沒有甘草棒那麼好吃，但那仍然是個享用冰凍果子露的好方式。」

拉吉花了一點時間認出那包他開過的棒棒糖包，抽出裡面的筆，它上面已經沾滿了發泡粉。「來點冰凍果子露？」拉吉一邊問阿飛一邊拿出筆來，「不要嗎？」

阿飛搖搖頭。拉吉把筆舔乾淨後遞給他，「嗯，是有點墨水的味道……」他喃喃說著，「……除此之外還不錯。好了告訴我吧，年輕人，到底發生了什麼事？」

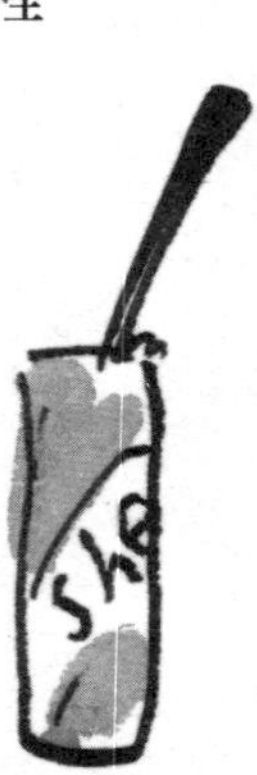

經過將近百張的便利貼後，拉吉知道了整個故事。

此時，阿飛哭得很傷心，發生在他身上的事，終於有了現實感。

拉吉給了男孩他很需要的大擁抱，報攤老闆又胖又大又濕黏，他很適合擁抱。

「眞可憐。」拉吉說。

阿飛的眼淚已經弄濕了他亮橘色的襯衫。

「我對那露特女士很火大，她先是去附近的學校到處發糖果，搶走了我的客人，現在又做出這種事……」

可憐的阿飛止不住哭泣，拉吉輕拍著他，男孩吸著鼻子。

「你可以用那個『哈囉！』雜誌擤鼻涕。對了，我有個好主意……」

20 玩具店牙齒

「怎麼樣怎麼樣？」拉吉問，「合適嗎？」拉吉到他店裡樓上拿了他的亡妻泡在水杯裡的假牙，讓男孩試試尺寸。它們看起來有點像是玩具店賣的牙齒，那種你上了發條後，看著它嗑嗑嗑地在桌面上移動的那種。

讓阿飛訝異的是，它們還蠻適合他的。這對假牙是爲一個中年婦女特別訂製的，雖然它們在口腔的這裡和那裡到處磨著，但絕對好過完全沒有牙齒。

「你確定不介意把這借給我？」阿飛問，他很高興地發現他至少又可以說話了。

「不，不，不，親愛的拉吉太太一定也會想要這麼做的。」

「眞的是太感謝你了。」

「你還有缺什麼嗎？她的玻璃義眼，橡膠假手或她的某隻木頭義腿？」阿飛嚇得往後跳。他從沒見過這位拉吉太太，雖然這裡彷彿有不少部分的她還可以見得到。

「你人眞是太好了，」阿飛回答，「但是不用了。」

「這才不是好，這只是服務的一部分，這就是爲何人們應該支持地方小店，大賣場才不會有這種好處！」

「眞的！」阿飛回，雖然他不確定大賣場的顧客，會有需要借用一副二手假牙的時候。

「但我還是得建議你別接近牛奶糖，」這報攤老闆警告，「我記得這副假牙從我亡妻的嘴裡掉出來過，那時她就是在吃我送給她當我們銀婚紀念禮物的一顆過期的牛奶糖。」

「我會記住的。」阿飛說。「那麼，我們該怎樣阻止露特女士？我的牙齒是不好，但也沒那麼糟，絕對沒有糟到她得全部都拔走，她是個巫婆！」

「經你這麼一說，」這報攤老闆回憶著，「自從她來到我們這個鎮上後，怪事就不斷發生。」

「例如說，孩子們把掉下來的牙齒放在枕頭底下，隔天早上卻發現出現了噁心的東西！」

「沒錯！」拉吉叫著，「你怎麼會知道的？」

「那就發生在我女朋友蓋比姿身上……」

「你的女朋友！喔嗚……」拉吉驚呼。

「不，不！」阿飛解釋，「她不是我女朋友，蓋比姿只是個朋友，又剛好是個女的。」

「所以是你的女的朋友？」阿飛覺得直接同意他會比較容易些。

「嗯，就是這樣吧。蓋比姿畫了張地圖，清楚標示了什麼地方和什麼時候有牙齒被偷了……」

「這件事實在太可怕了，我小的時候，或至少比現在小很多的時候，如果我掉了一顆牙齒，我會把它放在枕頭底下，隔天早上醒來的時後，我就會發現一枚錢幣在那裡，是牙仙給的。」

「那其實是你媽或你爸放在那裡的。」阿飛回答。

拉吉看起來有點迷失。「可是他們告訴我那個是牙仙啊……」

阿飛嘆了一口氣。他已經快要是個青少年了，在他看來，還相信這世上有牙仙的人實在是很愚蠢。一個長著翅膀穿著澎澎裙的小人，握著一根仙女棒在晚上來到你的臥房，然後把錢在你的枕頭下，這種想法實在是太荒謬了。然而，他不想傷害拉吉。

「好吧，我猜有時候的確是牙仙沒錯，但因爲她們太忙了，於是有些父母會自動幫她的忙，」阿飛回答。「繼續剛剛的話題，拉吉……」

「有不少年輕顧客早上起床時，發現並不是錢幣，而是各種可怕的東西在他們的枕頭底下。」

「例如什麼？」阿飛問。

「喔，有……蟑螂……」

「還有別的嗎？」

「喔，讓我想一想。死蟲子、一隻活老鼠、一隻被大頭錘打扁、還在太陽下曬到又乾又脆的蟾蜍……」男孩用手遮住嘴巴，這些恐怖的東西讓他想吐，可是他的好奇心戰勝了一切，他還想

知道更多。「這就是全部了嗎？」他問。

「不。」拉吉深深吸了一口氣，「你確定你想知道最恐怖的一個？」

「是也不是，」阿飛回，「但是，是占比較大部分……」

拉吉再次地深深吸了一口氣。「一片老男人的腳指甲！」

「不！」阿飛叫出來。

「是眞的。沒人知道這腳指甲是誰的，它又大又厚又髒，還有乾掉的膿汁圍繞在邊邊……」

「**別說了**！」阿飛大叫。

「是你要我告訴你的！」拉吉抗議。

「是沒錯！只是我沒想到會這麼噁心。」阿飛想了想，「都沒有任何小孩看到什麼嗎？」

報攤老闆搖搖頭，「沒有，沒人看見任何東西，這是個離奇的事件，而且怎麼可能一個人能在一個晚上去了那麼多小孩的家？」

阿飛坐到櫃檯上的收銀機旁，「這件事應該和露特女士有某種關連，一定

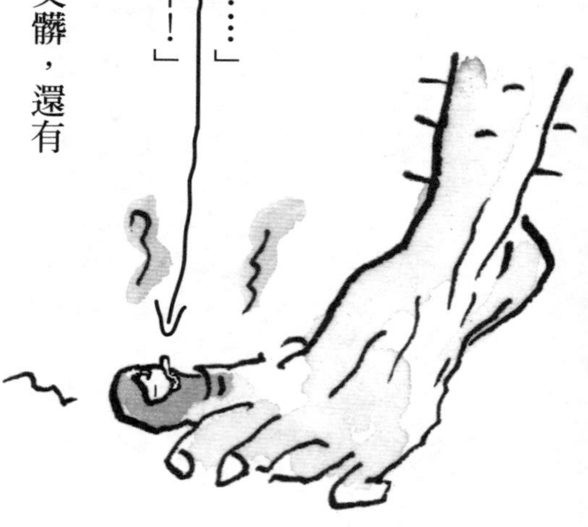

有！我發誓，她很邪惡，我們得在犯罪現場當場抓住她！設下某種陷阱……」

阿飛開始沉默呆滯地看著前方。拉吉看著他。

「什麼陷阱？」報攤老闆問。

「我正在想，拉吉……」

「喔，抱歉。」拉吉不知所措地閒晃起來，「吃點薄荷糖能幫助你集中精神嗎？」

「有了！」阿飛高興地大叫，雙眼閃耀著，興奮地從櫃檯上跳了下來。

「有什麼？」

「一個計畫！怎樣抓住偷牙賊的計畫！」

「太棒了，好小子！你真是太有才了，我能幫什麼忙呢？」

阿飛盯著拉吉看了好一陣子，他知道他即將要說的事並不好開口。「只是一件小事……」

「是什麼？」報攤老闆說。

「我想跟你借一顆牙齒……」

21 飛牙

「**我的**一顆牙齒……？」拉吉問。

「是的，」阿飛堅定地回答，「我願意犧牲我自己的牙齒，可是我連半顆牙齒都沒有。」

拉吉不爲所動，「但，爲什麼你需要我的一顆牙齒？」

阿飛在便宜咬廉價糖果區來回走動，想著他該怎麼表達才好。「好吧，就我們所知的這些……某人或某物，在這個鎮上到處偷孩子們放在枕頭下的牙齒，還留下某些噁心的東西，沒錯吧？」

「是。」報攤老闆同意。

「所以今晚睡覺前，我打算放一顆牙齒在我的枕頭底下，然後裝睡。」

「奶油咖啡巧克力球會幫助你保持清醒！我可以把它們從其它好吃的口味中挑出來。」

「好主意。我會躺在床上睜一隻眼偷看，看能不能看到是誰或是什麼東西……」男孩在恐懼中吞了一下口水，「該對這邪惡的行爲負責……」

拉吉點點頭，然後避開阿飛的雙眼。他假裝在整理潤喉糖包，「好了，祝你成功，年輕人，我不想再占用你太多時間了，願你有美好的一天！」

阿飛盯著這報攤老闆好一陣子，終於他說：「拉吉？」

「什麼事？」

「你是不是忘記什麼了？」

「沒有，我不認爲，」拉吉回答得有點太快，「我不想耽誤你的時間。」

「你的牙齒……」

拉吉看起來比有點驚慌更驚慌，他慢慢地走向阿飛。「我很樂意借給你我的一顆牙齒，事實上，我想它應該比一個禮物還要重大。」老闆放低音量，

「可是……」

「可是？」男孩迅速地說。
「我怕拔牙會很痛。」
阿飛開始在腦中想著各種他們可以拔拉吉牙齒的方法。

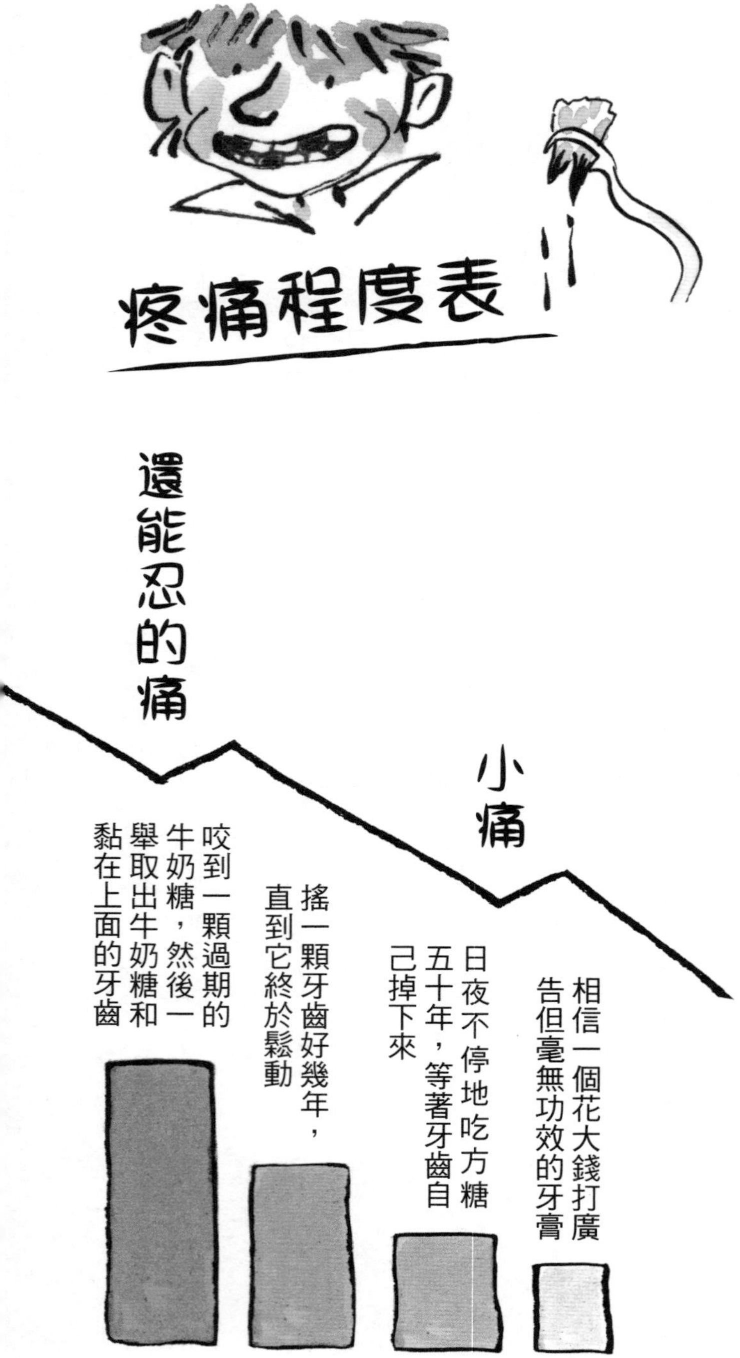
疼痛程度表
還能忍的痛
小痛
相信一個花大錢打廣告但毫無功效的牙膏
日夜不停地吃方糖五十年，等著牙齒自己掉下來
搖一顆牙齒好幾年，直到它終於鬆動
咬到一顆過期的牛奶糖，然後一舉取出牛奶糖和黏在上面的牙齒

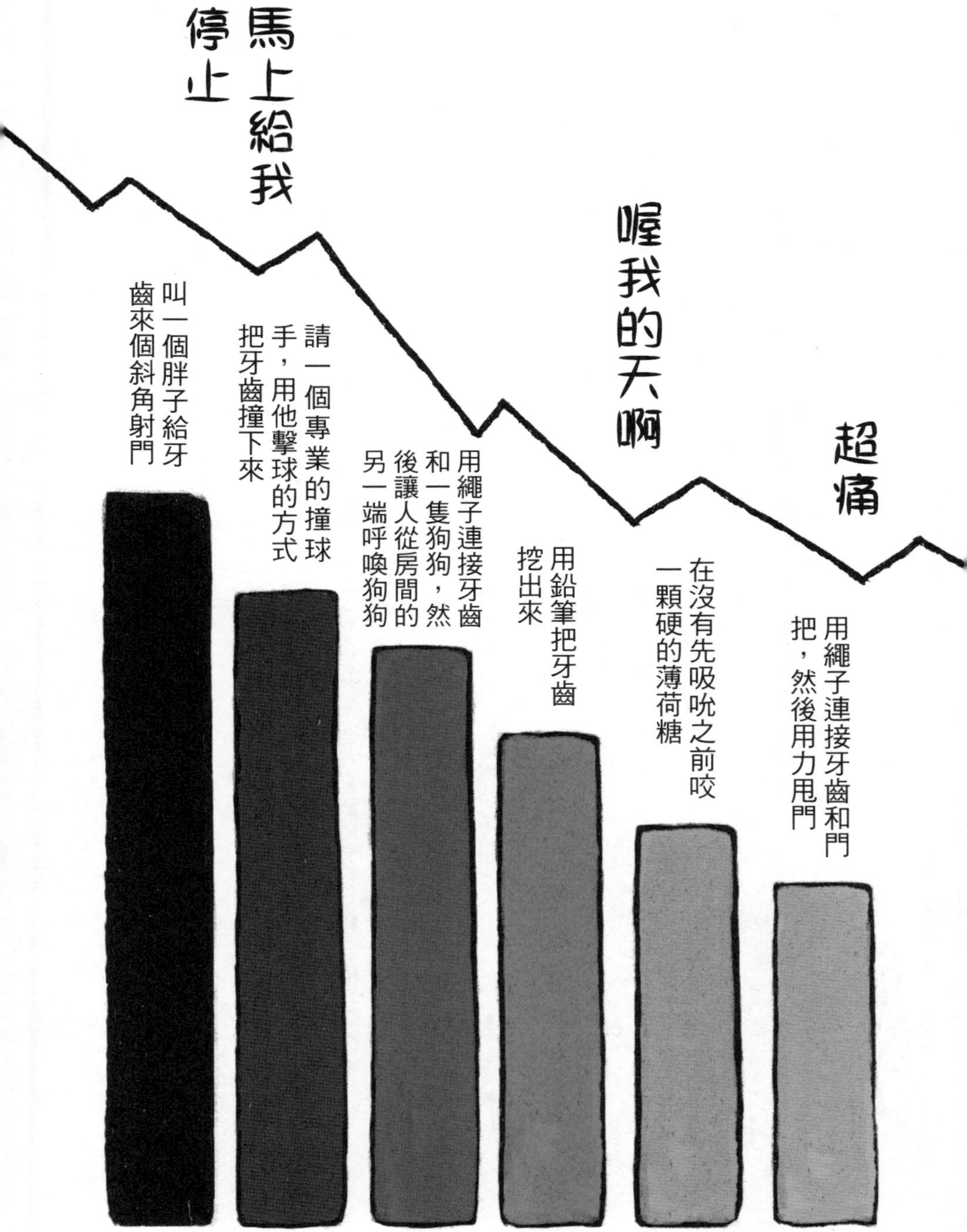
馬上給我停止
喔我的天啊
超痛
叫一個胖子給牙齒來個斜角射門
請一個專業的撞球手，用他擊球的方式把牙齒撞下來
用繩子連接牙齒和一隻狗狗，然後讓人從房間的另一端呼喚狗狗
用鉛筆把牙齒挖出來
在沒有先吸吮之前咬一顆硬的薄荷糖
用繩子連接牙齒和門把，然後用力甩門

把牙齒綁在門上來拔牙齒，似乎是目前爲止最好的選項。不僅是因爲這個方法在一瞬間就會結束，更加分的是，拉吉的店裡就有賣繩子，而且就放在健身雜誌的下面。

拉吉不情願地依計畫而行。首先，阿飛把繩子的一端綁在報攤老闆的牙齒上。接下來，他小心地測量已經站在櫃檯後方的拉吉到打開的大門之間的距離。然後，只留下多餘的一點繩子，他把繩子的另一端綁到門把上。

「好了，拉吉，站在那裡別動，我會從三開始倒數，數到一的時候我就摔門……」阿飛宣布。「好了嗎？」

拉吉的臉用力地扭成一團，準備承受即將而來的疼痛。

「好了……」他說，淚水已經在他的眼眶裡打轉了。

阿飛緩緩地開始倒數。「三……二……」

在他數到一之前，一個矮小的老女士走進這扇開啓的門，並隨手把門甩上。

「啊啊啊啊啊啊啊啊啊啊啊啊啊啊啊啊啊啊啊啊啊啊啊啊啊啊啊啊啊啊吼吼吼吼吼吼吼吼吼吼吼吼吼吼吼吼吼吼！！！！！！！！！！！」

拉吉驚聲尖叫，他的牙齒飛過店裡，打到這可憐又可親的老女士頭上。

「你說數到一的！你說你會數到一才摔門的！」老闆抗議。

阿飛急忙跑到這老女士身旁，她正揉著她的額頭，看起來十分昏眩且迷惘。「你還好吧？」他問。

「我想是還好，喔天啊，我只是想進來買張刮刮卡和一包甜丸子而已……」

「喔，茉理希太太，我最喜歡的顧客……」拉吉回過神來，拿出她要的東西走向她。「都在這裡！而且妳別擔心，太太，我不會對妳被我的飛牙打到頭而收取額外費用的……」

迷惑不解的老太太拿出她的錢包付錢之後，報攤老闆親切地把她送出店門。

同時，阿飛撿起繩子，開心地發現拉吉的牙齒還在繩子的尾端。他匆匆瞥過還留在上頭的食物碎屑和牙垢，然後把它收進自己的口袋裡，「謝謝，拉吉。這是我們的誘餌……」

「好啦，祝你成功，小阿飛，明天一早的第一件事就是，我會等你回到店裡來，向我報告你看見了什麼。」

「我會的。」

拉吉匆匆回到櫃檯，他快速地分配著一打左右的巧克力球包，把所有奶油咖啡口味的都收集在同一袋裡。然後又小心翼翼地用膠水棒重新密封這些巧克力球包。

「這包全是奶油咖啡口味的巧克力球！用來幫助你保持清醒的。不過裡面也許不小心會出現一些葡萄乾口味的，它們長得太像了……」

報攤老闆把這包巧克力球放在男孩的手裡，緊握他的雙手，他直視阿飛的雙眼輕聲說：「看在老天的份上，孩子，小心點啊……」

「我會的，拉吉。」

叮咚！

男孩開門準備離去。

「還有一件事……」拉吉小聲說。

「什麼？」

「別告訴任何人我掉包過這些奶油咖啡巧克力球包。」

22 大蛋糕

「牙醫那裡怎樣了，兒子？」爸爸聲音沙啞地說，他的呼吸痛苦而淺短，「你有需要補牙嗎？」

阿飛進門時，阿飛的爸爸在客廳裡，坐在輪椅上。現在是下午四點，是正常阿飛會從學校回家的時間，所以他爸爸沒有理由會懷疑什麼。

「喔，沒什麼啦，爸！」阿飛盡可能有精神地喊著，假牙在他嘴理輕微地碰撞著。

阿飛看得出來爸爸的健康狀況每況愈下。他越來越虛弱，彷彿在他的輪椅裡一天天地縮小。阿飛深怕如果將實情都告訴爸爸，他會很生氣，真正的暴怒。爸爸會想即刻衝到牙醫診療室，和牙醫來個澈底的對決，但如果他開始吼叫，或甚至僅僅是提高他的音量，他的呼吸就會越來越淺，他可能會再次昏倒也說不定。阿飛不能讓這種事情發生。

男孩笨手笨腳地走進客廳。每當阿飛從學校回家時，他總是會給爸爸一個大大的擁抱，但今天他在客廳門口東摸摸西摸摸地，不想讓爸爸有機會檢查他的牙齒。喔，事實上是拉吉太太的牙齒，她的假牙，正確來說是這樣。

「今天不抱抱嗎，小狗狗？」爸爸出現在他面前，突然改變的習慣讓爸爸起疑。

「我是打算先去燒水泡茶……」

「茶可以等，我一個人在家一整天了，最期待的就是一個擁抱，拜託給我來一個大熊抱吧，最大，最熱情，你能抱的最豪華的一抱！」

阿飛小心地閉好他的嘴，把拉吉太太的假牙好好地吸附在他的牙齦上。接著，他向爸爸走去，靠向輪椅，他張開他的手環抱著爸爸，爸爸也緊緊回抱著他。

「喔，感覺好多了。我多愛我的小狗狗啊……」

對爸爸撒謊讓阿飛覺得很不自在，那是種可怕的感覺，它還一路擴散到肚臍眼。在又羞愧又尷尬的處境下，阿飛沒多久就鬆開了他的擁抱。

做父母的永遠知道。如果他們的小孩出狀況了，他們可以感覺到，爸爸也不例外。「你確定你沒事？」他問，直直盯著阿飛的雙眼看。

「沒。我是說，我確定……」阿飛急忙地說，試著躲開爸爸的注視，「我真的沒怎樣，牙醫那裡也沒事。」

「給我看一下你的牙齒……」

阿飛不情願地張開了他的嘴，在快速閉上之前短暫地笑了一下，「看到了吧？像新的一樣。」

「好吧，它們看起來確實好多了……」爸爸說。

「我要去燒開水了。」話一說完阿飛就趕忙地從客廳離開，進到相對安全的廚房。

阿飛把燒黑的水壺放到廚房中央、那個露營用的小瓦斯爐上，然後將瓦斯點燃。

他們家裡的瓦斯在好幾年前就被切斷了，從印著黑字的帳單到改印著紅字的帳單，再到某一天再也沒有帳單，那之後就再也沒有瓦斯了。

爸爸無法工作這麼多年來，他們實在沒有足夠的錢支付每項開銷。

阿飛一邊等著水煮開，一邊伸手在他的口袋裡摸索，確認拉吉慷慨捐贈的牙齒還在不在，他放鬆地嘆了一口氣，牙齒還在。

現在他得做的，就是等待夜晚的降臨。

當然，他必須試著保持清醒……

水壺燒開的同時，小瓦斯也剛好用完了，水是煮開了，但他們家也沒食物了，這將是他們包括未來好一陣子的最後一杯茶了。

阿飛端著兩杯沒附帶餅乾的茶，再次回到客廳，因爲昨天下午，他們的社工已經把餅乾都吃光了。

「謝謝你，兒子。」爸爸說。

一切看來都好，直到……

叩叩叩……

有人在敲門。阿飛的心跳漏了一拍。這敲門聲很大又很堅持，會是校長灰先生，跑來告訴爸爸他的兒子被退學了嗎？還是披西．普藍克，因爲他今天在鎮上所製造的暴動而前來逮捕他？還是史努德那個戲劇老師，還堅持要繼續即興演出？

「聽起來像是溫妮……」爸爸說。

不！阿飛想，我不能讓她進來，她會告訴爸爸一切！

「我叫她晚點再來。」他說。

「不，兒子，」爸爸堅定地說，「讓她進來吧，她爲人很周到，大概只是來看一下你在看過牙醫之後，一切是否都沒問題……」

叩叩叩……

「讓她進來！」爸爸再說一次。

阿飛跑到門口，他得試著阻止她，攔住她，用任何方法。透過門上的變形玻璃，她那多采多姿的穿著讓她看起來像個餡多料美的大蛋糕。阿飛深深吸了一口氣，轉開了門把。

「喔！哈囉，阿飛。我們又見面了！」

「抱歉，溫妮，現在不太方便……」他小聲說。

「沒關係，我不會待太久，」她說，「只是和格理費癡先生說一下話我就要走了。」

她這樣說完後就強行穿過阿飛身旁，身爲一個社工，溫妮對於對付那些不喜歡她出現的人很有一套。

好管閒事的八婆。

干預者。

害人精。

煽動者。

不切實際的僞善者。

討厭鬼。

麻煩製造者。

擾人者。

惡霸奴僕。

餅乾小偷。

這些都是溫妮曾贏得的美名，還有更慘的，很慘很慘的。也因此她已經練就一身皮厚的功夫，也非常習慣人們在她面前摔門。她快步地闖過走廊，阿飛除了跟在她身後之外也別無辦法。

「拜託，拜託，拜託別告訴我爸今天發生的事……」他的呢喃大聲起來，那幾乎是個用吼的呢喃，如果這種事有可能發生的話。但溫妮意志堅定地忽視著他的懇求。

「午安，格理費癡先生！」她一邊走進客廳一邊誇張地喊著。爸爸的臉扭曲了一下，即使是他也覺得她有點煩，她的音量比別人高了八度左右。

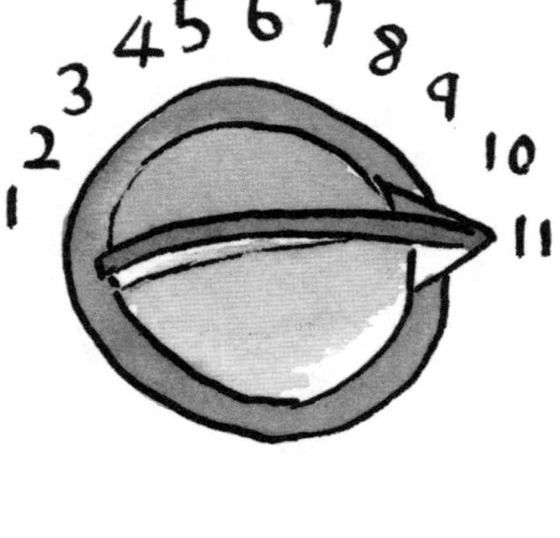

但爸爸瞇起眼睛試圖看清社工今天的穿著。

這次溫妮已經超越了自己，她整體的衣著打扮，手鐲們和她的彩妝，都具冒險性地多層次到比世上能找到的最多色彩色筆組，更加齊全。

「噢！有茶！眞感恩啊！」她拿起阿飛的杯子，來個大大的吸茶聲……，

「咻咻咻咻咻咻咻咻咻咻漱漱漱漱漱漱漱漱漱漱漱漱漱漱漱漱漱漱嗚嗚嗚嗚嗚嗯嗯嗯嗯嗯嗯！！！」

接著是一個更大聲的讚嘆，然後用她全身的重量跌進沙發裡。溫妮坐進椅子的力道是如此強勁，椅墊上的灰塵形成一片大的巨雲衝向空氣中。

「請坐，溫妮……」阿飛的爸爸大膽建議，雖然遲了一步。

「爸，拜託，你別聽她的。我可以解釋這一切……」男孩說，他在客廳門口慌張起來。

「喔，我等不及想聽啊！」溫妮宣告。

「阿飛事實上沒怎麼告訴我他在牙醫那裡的狀況，」爸爸說，「溫妮，或許你可以告訴我發生了些什麼事。」

「爸，拜託，相信我，」男孩懇求著，「我本來就打算要告訴你的……」

「喔，格理費癡先生，這可是個精彩的故事啊，很精彩很精彩的故事。」女士說。

阿飛相當肯定，溫妮已經準備把他倒栽蔥丟進一個標示著「麻煩」的大桶子裡。

「先讓我自己坐得舒服一點，」她說話的同時塞了幾個椅墊到她背後，並伸展了一下她的雙腿。「說這故事，需要花點時間……」

23 噴射動力的屁股

「在我開始之前，」溫妮像個古埃及艷后——尼羅河女王般慵懶地癱在沙發上說，「我可以來一塊你那好吃的餅乾嗎？」

自從爸爸因病被困在輪椅後，阿飛就負責起家裡全部的採買，他知道這屋子已是個認證過的無餅區了。

「妳昨天吃了最後一塊了，」阿飛說，「忘了嗎？」

「那有蛋糕嗎？」她抖音說，她的聲音裡夾帶著一絲希望和戲謔，「一片好吃的蛋糕？」溫妮看起來像是那種如果你切了一片蛋糕請她，她會留下那一小片而拿剩下最大塊的那種人……

「沒有。」男孩回答。他根本不用起身去找，他家從來沒有過蛋糕，即使是過生日的時候。

「喔……」這女士若有所思地說，「巧克力呢？」

「我們沒有。」阿飛回答。

「這屋子裡沒有任何巧克力的東西？」溫妮堅持地問。

「沒有。」

「任何巧克力包裹的或巧克力口味的？」

「沒有。」

「巧克力碎屑、巧克力粉、巧克力醬、巧克力薄片、巧克力噴霧、巧克力糖衣、巧克力裝點、巧克力混合、巧克力融化，或巧克力沾抹的東西……」

阿飛在回答之前吸了一口氣，溫妮的煩人已經讓人很難不去吼她。「這屋裡沒有任何含有巧克力的東西……」

接著是一陣沉默。

「浸過巧克力的？」溫妮再次和阿飛針鋒相對。

「沒有！」

「都沒有甚至只是一個巧克力暗示、一點巧克力氣味、一絲巧克力蹤跡或帶點巧克力聯想的？」

「沒有！」

「某種不是巧克力的東西卻可能意外摻雜了點巧克力的？」爸爸和阿飛兩人都對這問題看起來困惑。

「例如什麼？」爸爸問，他一直看著這場爭辯，彷彿這是一場網球比賽。

「對，例如什麼？」男孩求解。

胖女士看起來像是深思了好一陣子。「有沒有可能是任何標示不含巧克力的東西？」

「**沒有就是沒有！**」男孩大叫，「我們沒有任何巧克力感、巧克力口味，巧克力浸過的，或巧克力包巧克力的東西！」

「好啦！」溫妮氣惱地說，「我不過是問問而已……」

說完她開始吸茶，**「咻咻咻咻咻漱漱漱漱漱漱漱漱漱漱漱漱漱漱嗚嗚嗚嗚嗚嗚嗯嗯！！！」**

接著再來個讚嘆，「**啊啊啊啊啊啊吼吼吼吼吼吼！！！！**」

阿飛倚靠在他爸爸旁邊的椅把上，他雙手扠腰，現在他已經準備好要接受他的命運了。就在他身體稍微向後靠時，那一袋拉吉給他的奶油咖啡口味的巧克力球，從他的褲袋掉到地上。

一秒之內，溫妮的眼睛盯上它們，就像一條殺人鯨剛看到一隻胖海豹從冰山一角下蹦出，游進大海裡。

「好啊，小阿飛，那是什麼東西？」她戲謔地說，她非常清楚那是一包巧克力包裹的乳脂球。

「沒什麼。」阿飛很快地回答。

「這可不是沒什麼，兒子。」爸爸毫不幫腔地插話，「在我看來，它像一包巧克力……」

溫妮盯著男孩看。

「喔，這些，是的，抱歉。當妳說巧克力覆蓋的、包裹的或浸到的，我沒想到那也包括巧克力球。」

一陣沉默後，溫妮輕聲說：「我想你很清楚那是巧克力包裹的甜點。」

「快拿出來請這位女士吃……」爸爸迅速地說。

阿飛需要這些巧克力球。如果他每半個小時吃一顆，這些包在巧克力裡的奶油咖啡會阻止他睡著，沒有這些他很需要的咖啡因劑，阿飛有什麼機會能逮到那個在小孩子們的枕頭下，放那些讓人說不出話來的恐怖物品的人？

他不情願地撿起這袋巧克力球，把它滑向溫妮。

「謝謝你，年輕人。好啦，最後還是萬事俱備了！現在，我該從什麼口味的巧克力球吃起……嗯……除了咖啡口味的我都喜歡……」

「沒人喜歡咖啡口味的……」爸爸同意。

祝你好運，阿飛想。如果拉吉有照他自己說的分得那麼確實的話，這裡的每個巧克力球，應該都是咖啡口味的。

「我就是沒辦法碰咖啡，」溫妮繼續說著，「它一進入我的身體就立刻排出來……」

爸爸和阿飛交換了一個「我們不想知道這麼多」的眼神，沒人想要想像這女士黏坐在馬桶上的情景。

溫妮貪婪地撕開袋子並自己吃了起來。她挑了一顆巧克力球塞進她的嘴，咬了一會兒之後，她的臉扭曲了起來，因爲咖啡的刺激味滑入她的喉嚨。

「不！這顆是咖啡的……」她嗚咽，「第一顆也是！什麼狗屎運嘛！」現在輪到阿飛竊笑了，他得把他的頭埋到襯衫裡掩飾他開懷的笑。

「讓我來顆別的口味的，好把這咖啡味壓過去……」她說。

溫妮又拿了另一顆巧克力球。她的臉再次露出失望的神情，「又是咖啡！不！我要不同口味的！」

拉吉有把這些巧克力球正確分開來嗎？還是有不小心加到葡萄乾口味的？阿飛祈禱他沒失手。

溫妮又選了一個，「噢，這顆一定是太妃！所有的巧克力球中我最喜歡的口味……」她小心翼翼地檢查著這顆小巧克力球。

「還是奶油橘子……？不，不，不，這顆一定是太妃糖，上帝總算是對我微笑了！」

在滾動它、聞它、甚至舔了一口後，她終於把這顆巧克力球放進嘴裡。它在她的舌頭上融化，在巧克力外衣分解後，溫妮的臉再次極度反感地扭曲，看起來就像是有一條毒到足以致命的水母，游進了她的嘴巴裡。

「咖啡！不不不不嗚嗚嗚嗚！！！」

她哀嚎。

接下來她又拿了一顆，然後又一顆，再一顆，每一顆都在期望能蓋過上一顆的味道裡，被狼吞虎嚥地吞下肚，可是每顆都只是讓咖啡味越來越濃厚！

很快地，這一整包巧克力球都被吃光抹盡了，而溫妮的肚子裡塡滿了咖啡。她坐在沙發上，巧克力沾得她滿嘴都是，但她的表情卻相當悲慘。

「爲什麼每一顆該死的巧克力球都是咖啡的！」

她抗議。

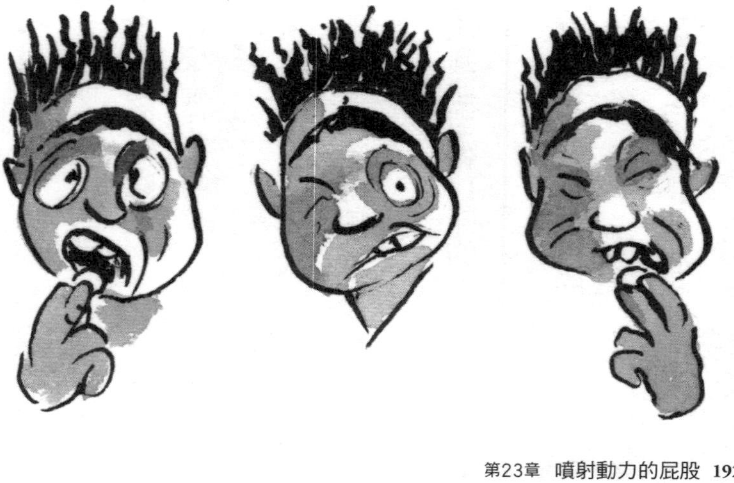

「喔，天哪……」阿飛用盡他最大的努力不笑出來，「這種事怎麼可能會發生呢？」

爸爸看起來非常驚訝，「這是什麼樣的機率啊？恐怕是百萬分之一吧！」他的兒子試著盡量讓自己看起來無辜，但這反而讓他看起來很可疑。

現在是暴風雨前的寧靜。

在寧靜中突然出現了一個聲響，一個又長又低的轆轆聲，那彷彿是暴風雨剛剛在某個遙遠的神話國境展開了。

爸爸和阿飛互看了一眼後，轉過頭去看溫妮。這可憐的女士向下看著她圓滾滾的肚子，它咕轆轆地叫著，並用一種危險的速度在增強，彷彿一個充滿氣的氣球就快爆破了。

「我警告過你們的，咖啡一進我的身體就會立刻排出！」她驚叫著。**「我的屁股快要爆炸了！」**

「好了，」阿飛若有所思地說，看起來挺得意的，「我猜妳的故事得改天再說了……」

「沒錯！沒錯！我得走了！」溫妮叫著，「現在！立刻！」說完，溫妮開始站起來，她一挺起身，屁股就開始打嗝，又響亮又劇烈。「事實上，已經太遲了。」她又放了一個屁，甚至比前一個還響還劇烈，「喔，天啊，原諒我！」

胖女士因為她完全失控的屁股極度尷尬。她用半蹲的姿態，像一隻螃蟹一樣地橫著逃離這個客廳。溫妮拚命地希望自己能控制體內的氣體，然而她每向外走一步，她的屁股就爆出一陣雷聲似的大氣。

阿飛覺得這實在是太好笑了，他的眼睛已經充滿了淚水。爸爸，已經是個成年人的他，實在不該覺得這有什麼好笑的，可是他也把手放到嘴巴上阻止自己竊笑。

在聽到溫妮的甩門聲後，這對父子終於忍不住噴笑出來，像海獅般地又叫又嗚，爸爸笑得從他的輪椅上滑出去，跌坐在地板上，他們倆在地毯上又滾又抱又笑了好一陣子。

最後阿飛拖著他的膝蓋往窗戶過去，目送溫妮遠去。她的機車看起來比平常快了大概一百倍，可能是因爲她的屁股加裝了咖啡味的噴射瓦斯，正運作得像個強力的噴射引擎？

隨著社工的離去，阿飛的麻煩也暫時消失了。

但這男孩即將踏入一個比他所能想像的還要危險的世界……

24 最黑暗的時刻

計畫持續在進行中……

現在時間還早，但阿飛已經穿好睡衣準備上床，他把拉吉的牙齒放在他的枕頭下。今晚他爸爸不必來催他睡覺，黑夜一來臨，阿飛就立刻走進他的房間。

沒人知道是誰或什麼東西是在何時突擊偷牙的，只知道必需要在黑夜裡。而現在已經天黑了，眞正的，冬天的黑。

阿飛的計畫現在只有一個問題，那就是他該怎麼一整夜保持清醒？溫妮把奶油咖啡巧克力球都吃光了，雖然還是有一堆保持清醒的方法，但沒有一種看起來不笨的：

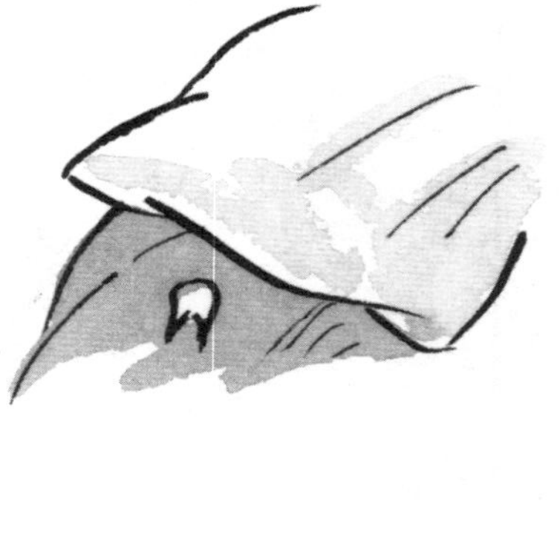

● 用火柴棒撐住上下眼皮確保它們張開著。

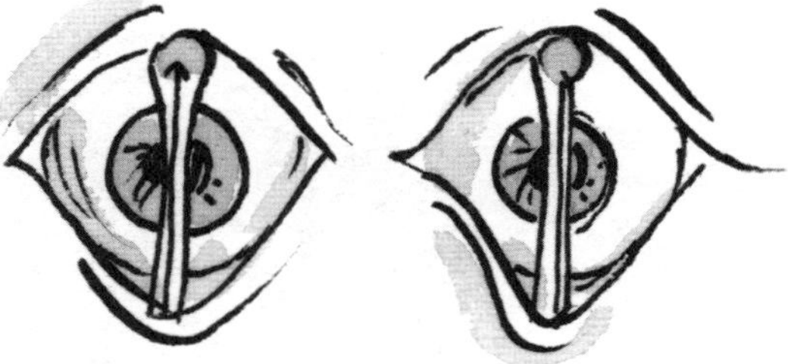

● 喝好幾公升的水而上床之前不去尿尿。

● 每隔一分鐘就用力打一次自己的臉。

- 把窗戶敞開，讓房間冷到你發抖，冷到讓鼻子下方長出冰柱。

- 想一個你最不喜歡的老師，然後逼自己想出十個你喜歡他的地方。這簡直就是不可能的事！

- 對自己施以一頓中國功夫，絕對會讓你痛到睡不著。

- 每五分鐘起床做一次韻律操，耍球或甩彩帶亦可。

- 用一種極不舒服的姿勢躺在床上，像這樣……

阿飛爬上床，吹熄他手上的蠟燭。躺在床上的時候，他發現自己並不需要任何的計策阻止自己睡著。他一生中從未像現在這麼清醒。

一開始這個夜晚看起來既平靜又安詳。可是很快地，一點點聲音，即便是最小的咯吱聲或沙沙聲，也會讓恐懼充滿了他的心靈……

這可能是他們。

這可能是他們。

這可能是他們。

影子們開始在牆上跳動著。這只是路過車子的大燈把樹影投射過來而已嗎？還是那其實是某種比邪惡更嚴重的東西？

這可能是他們。

這可能是他們。

這。

可。

能。

是。

他們。

阿飛不斷地把自己的手滑到枕頭下檢查那顆牙齒是否還在。它還在。誰或什麼東西即將來到他的房間？他們會試著怎麼拿走這顆牙齒？躺在黑暗中的他想像力開始狂奔。很快地，阿飛已經難以分辨什麼是真的，什麼是他腦子裡幻想出來的了。他還清醒地躺在床上嗎？還是事實上他已經睡著，只是做著他還清醒的夢？

幾小時過去了。或者其實只是幾分鐘？實在很難斷定。此時阿飛的窗外沒有一點聲音，沒有一隻鳥在叫，沒有一架飛機在天空中，甚至沒有一輛在遠方行駛的車。這是最黑暗的一刻。

他再次把手滑到枕頭下。那顆牙齒依然在那裡。

就在此時，阿飛聽到外面的草叢傳來沙沙聲。它可能是一隻鳥、一隻松鼠，或者是一隻老鼠，但不，那聲音太大了，那是某個更大的東西。

接著是一陣寂靜。

然後快如閃電地，一個影子在窗外節節逼近，完全擋住了路燈傳來的黃光，這實在很嚇人。

突然間，阿飛覺得很害怕，他怕獨自面對這場恐怖的災難，怕死了。

緊接著，他聽到窗戶被打開，破舊不堪的窗簾被拉到一邊去，一個人影爬進他的房間。

阿飛想要叫出來，但他的嘴巴因爲恐懼而乾澀到無法發出聲音。很快地，那個影子開始緩緩向他靠近。

阿飛原本的計畫是裝睡讓這顆牙齒被偷，好讓他能在犯人離開時偷看他一眼。然而，這個計畫正迅速地崩盤。阿飛已經害怕到他絕對不可能保持不動，他全身都因驚懼而發抖。

不是打就是跑了。

越來越近的影子擋得他無路可跑，打是唯一的選擇了。阿飛跳下床，他舉起拳頭在空中狂亂地揮舞，同時大吼大叫：

「啊啊啊啊啊啊啊啊啊啊啊啊啊啊啊啊啊啊啊啊啊啊啊啊啊啊啊啊！！！！！！！！！」

25 枕頭下

「啊啊啊啊啊啊啊啊啊啊！！！！！！！！！」

那個人影也在尖叫，然後又說了一句，「拜託，拜託，拜託別傷害我！」錯不了的，那是拉吉的聲音。

阿飛用火柴點燃了床邊的蠟燭，並把它移近那個影子。錯不了的，那是拉吉的臉。

緊報總算解除了，阿飛吞了一大口口水，沙啞地出聲，「拉吉！你在這裡做什麼！」

「你嚇到我了！」報攤老闆驚呼。

「你才嚇到我了！」男孩回。

「我認爲你嚇我嚇得比較兇。」

「不不不，事實上你嚇我嚇得比較兇。」

「不不不不不！百分之百絕對是你嚇我嚇得比較兇！」拉吉抗議，「而且別再回嘴了。」

和他爭執根本沒什麼意義，報攤老闆輕易就會被嚇到是衆所周知的。八卦傳聞說，有一次他驚聲尖叫地衝出店門，他發誓說他看到其中一條的軟糖蛇在動。

「好，好，」阿飛勉強認了，「但我以爲你是那個偷牙賊……」

「我不是，」拉吉回，「我叫拉吉。我是報攤老闆。」

「我當然知道你是誰！」男孩

惱火地說，「你在這裡幹嘛啦？」

正在此時，一陣似乎是冰凍的冷空氣團從窗戶吹進來，也把蠟燭吹熄了。

「這裡好黑喔！」拉吉輕聲說。

「沒事，讓我找一下我的火柴……」阿飛摸黑在他床頭桌（事實上只是一個倒放的牛奶箱）點燃了蠟燭。現在他的臥房感覺起來確實是冰寒地凍，所以他走到窗邊把窗戶關上，但因爲覺得毛骨悚然，他把窗戶也鎖上了。

「我本來是躺在我的店樓上的我的床上的，可是我沒辦法不擔心你，你正一個人獨自面對這個……」拉吉努力地找著正確的用詞，終於他說，「東西。」

「好吧，你眞是個好人，拉吉，但老實說，我很好，」阿飛說謊，「現在一定已經是半夜了，但完全沒有任何的風吹草動。」

「我的牙齒還在你的枕頭下嗎？」

「喔還在，」阿飛說著便往床邊移去，

「我把它放在這裡，你看……」但是當男孩把枕頭拿起來時，牙齒已經不在那兒了。

某個東西卻在那兒。

某個驚人的物品。

某個恐怖的佈局。

一顆眼珠。

那長長的絲狀般的神經，還連在眼球的後方，它彷彿是條尾巴在動著，眼珠在床墊上抽搐蠕動得像隻地上的蝌蚪。

「啊啊啊啊啊啊啊啊啊啊啊啊啊啊！！！！！！！！」拉吉驚聲尖叫。

阿飛，如同我們知道的，自認爲自己比報攤老闆更勇敢一些，也跟著尖叫：**「啊啊啊啊啊啊啊啊啊啊啊啊啊啊啊啊啊啊啊啊啊！！！！！！！」**

男孩叫得甚至更大聲。

「那是個眼珠！」拉吉叫著。

「我知道！」男孩說。

「那可是顆真正的眼珠！」

「沒錯，我們必須保持冷靜，」男孩說，「這是個線索……」

阿飛緩慢又持穩地把蠟燭移過去檢查那顆眼珠。

它不尋常地大，是乒乓球的大小，這顆眼球一定是來自一隻大型的動物，也或許是來自一個巨人。

「啊啊啊啊啊啊啊啊啊啊啊！！！！！！」

就在此時，眼珠子轉動了，而且還直視著他。

阿飛尖叫。

「啊啊啊啊啊啊啊啊啊啊！！！！！！」

拉吉尖叫。

「它在看著我！」男孩慌忙地說，「它在直視著我的眼睛……」

蹦蹦蹦

有人在捶打牆壁。

拉吉又尖叫了一次，然後嚇得跳進阿飛的懷裡。

「那是我爸在隔壁房間啦……」

「喔，對不起，」報攤老闆說，試著讓自己冷靜下來，今晚他的神經已經繃斷了，「我每次看到老鼠時總是跳進我媽的懷抱……」

「嗯，但你太重了……」

「我知道，我媽也這樣跟我說，上個星期我試著這麼做的時候。」

阿飛不可置信地看著拉吉。

蹦

蹦

蹦

爸爸又捶了一次牆。

「兒子？兒子？你沒事吧？」他在隔壁房間邊咳邊著急地問。

「我馬上來，爸……」阿飛從房間衝入了走廊，跑進他爸爸的房間，嚇呆了的報攤老闆緊跟在後。

「拉吉？」爸爸感到困惑。

「噢，哈囉，格理費斯先生……」拉吉簡短地打招呼，假裝在這個深深的夜裡出現在他們家裡是一件很正常的事。

「你好，如果是關於報紙帳單的話，我原本是想……」爸爸首先發難。

拉吉笑著，「我的朋友，你的報紙帳單我老早就忘光了。」

「那你來這裡做什麼？」爸爸問。

拉吉望向阿飛，而爸爸跟隨著他的視線，突然間，所有的眼睛（好吧，除了那隻還在隔壁房裡的）都看著阿飛。

「到底是怎麼回事？」爸爸說，「我想你該跟我說實話了，臭小子！」

「臭小子」是爸爸只有在阿飛做錯事時才會這樣喊他的，阿飛知道。

他深深地吸了一口氣，然後開始跟父親說明一切的來龍去脈。

26 濃稠褐色黏液

編構虛幻的故事是爸爸的專長，然而，這個故事卻讓他難以相信。

在拉吉的慫恿下，阿飛告訴爸爸這整個故事。

牙醫到學校拜訪、能熔穿石頭的特製「媽咪的」牙膏、每晚都在發生的偷牙事件、被全鎮的人追緝、牙齒被拔光。當阿飛拿下假牙並把它們移到燭光下時，爸爸從一開始的不信轉變成憤怒。

「不要讓那個牙醫落入我的手中……」爸爸叫著，接著便是一陣咳嗽和急促呼吸的發作。

阿飛抱著爸爸說：「這就是爲什麼我不想告訴你！我不想讓你難過……」

阿飛的父親深深地望進他兒子的眼睛，「你不告訴我，會使我更難過啊，兒子……我們是夥伴，不是嗎？你和我？」

阿飛點點頭，他怕如果自己講話，聲音會因爲情緒激動而破音。

「你是我的小狗狗啊，我的小狗狗……」爸爸繼續說著，「我會爲我的小狗狗做任何事的……如果有必要的話，我願意爲你而死……」

淚水在阿飛的眼眶裡打轉。一旁的拉吉也啜泣起來，還在他的袖子上擤了一個大鼻涕。

他們兩人幫助爸爸坐上輪椅，爸爸轉著自己的輪椅到隔壁房間去查看那最後、也是最可怕的一個謎……

那顆眼球。

幸好現在它已經停止抽搐蠕動了，然而，它在它爬過的床單上留下了一道濃稠的褐色黏液。三個人的目光就著燭光看過去，檢視著它。

「最奇怪的是，」阿飛起頭，「我發誓我整晚都醒著。所以怎麼可能那顆牙齒被換成這個而我卻不知道？」

爸爸認眞地想了好一陣子，然後回答。「一定是你在某個時間點不小心打瞌睡了，兒子。」

「不，」男孩說。阿飛很確定，「我沒有，而且我整晚不斷地在檢查枕頭底下，事實上，我在拉吉進來之前還檢查過，牙齒當時還在的……」

「而且我進來之後，你就關上窗了……」拉吉補充說著。

「在那陣冰凍的冷風之後……」阿飛自言自語。

「對，」拉吉同意，他檢查了一下窗戶，「看，它還是鎖著的……」

此時三人都陷入一陣死寂。在陰沉的氣氛中，爸爸出聲低語，「那個做出這種事的人或東西，一定還在這個房子裡……」

沒人敢動一下。

「事實上，它可能還在這間房間裡……」他輕聲說。這幾雙眼睛都在黑暗中四處游移。如果這是眞的，它會躲在哪裡？這房間很狹窄，也只有幾件家具，這不是個玩躲迷藏的好地方。

爸爸用他的眼睛看了看在房間一角的木頭衣櫃，阿飛開始躡手躡腳地走過去，拿著蠟燭。在他踩到一片鬆掉了的木地板片時，發出了一大聲的嘎嘰聲。爸爸把手指放到嘴上，阿飛趕忙重新平衡他的重心。

在又兩個安靜的跨步後，他的手終於摸到了衣櫃的門。爸爸輕輕點著頭，示意他的兒子打開它。這懸疑感已經超過拉吉能負荷的了，他躲到爸爸的輪椅後，而且還閉上雙眼。

男孩猛一拉開門，某個東西向他飛過來……

他的連帽外套。

它的袖子之前一定鉤到了門把。

在一個深呼吸之後，阿飛把他少少的幾件衣物都推向一旁，但裡面並沒有任何人或東西埋伏，除了他的一隻沒有洗的足球襪，就這樣。它在那裡不知道躺了多久，現在已經長出黃色和綠色的黴點了。

從頭到尾，拉吉的眼睛都保持緊閉著，他的臉因爲驚恐而變形。

爸爸拉了一下報攤老闆的手臂，他嚇得像隻受驚的野馬，在恐懼中全身失控得在空中亂踢。

「噢噢噢吼吼吼吼吼吼喝！」他嘶叫。

「噓噓噓咿咿咿！」爸爸噓他，並用他的眼睛看向床。

拉吉指著自己，做出一個表情彷彿是在問說，「我？」

爸爸點點頭，用一個表情回他說，「對！你！」

報攤老闆瘋狂搖搖頭，他闔起雙手狀似拜託爸爸不要叫他去。

阿飛翻了個白眼，往前一站，輕輕地把這個沒膽的報攤老闆推到一邊。撩起床單後，阿飛拿著蠟燭彎腰下去探看床底。

床底下很暗，即使手上拿著蠟燭，他還是得瞇著眼睛辨認每個影子的輪廓。和多數的男孩一樣，阿飛從沒想過要清理他的床底。

那裡有被遺忘了很久的樂高積木片，一件髒的舊內褲滯留在那兒。看起來全都是陰森的灰，籠罩在一層厚厚的灰塵中。阿飛嘆氣，這裡也看不出來有什麼惡靈躲著……

就在此時，在床底下，黑暗之中，有兩隻眼睛張開了，並給阿飛一個致命的黑色注目禮。

「啊啊啊啊啊啊啊啊啊啊啊！！！！！！！！」

阿飛大叫。

這雙眼睛的主人把蠟燭吹熄，房間旋即陷入一片完全的漆黑之中。

一個身影從床底竄出，在沒有停下來開窗的狀況下，它直接高速穿破玻璃，玻璃碎片佈滿整間房間。阿飛跑向窗邊，他要捕捉一眼這個躲在他床底的、不論是誰或什麼東西的影子。

男孩看著外面漆黑的夜，有某個東西射向道路，然後不斷向上攀升到天空，它越爬越高直到穿入雲裡，很快地，只剩下一道黑煙軌跡。

阿飛閉上眼睛。這一切都是騙人的吧？

他再次張開眼睛，他看到那道煙跡還在那兒。

這不是噩夢。

這是眞的。

阿飛別無選擇，他只能相信。

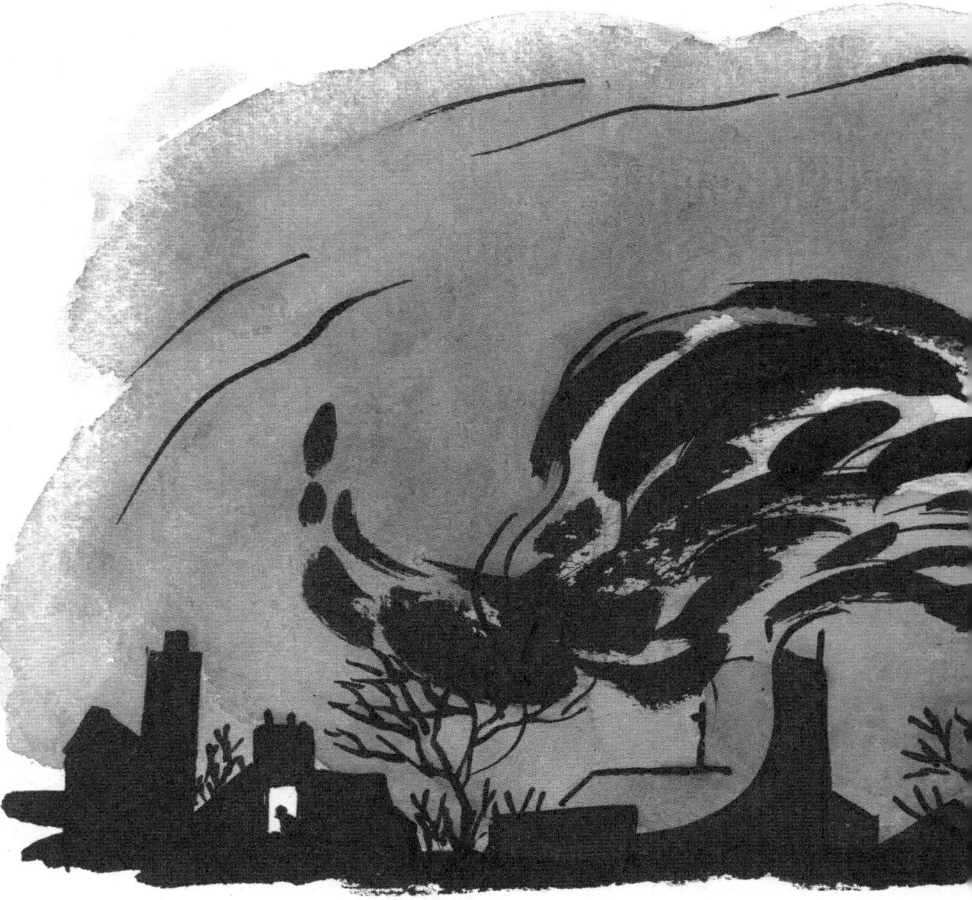

27 毛骨悚然的狀態

批西．普藍克看起來很不高興被人在三更半夜，從溫暖的被窩裡拉出來。

這位警察還穿著他的條紋睡衣，但他有戴上警帽，試著讓自己看來仍象徵公權力。

他用一把手電筒，檢查著阿飛房裡那扇破掉的窗，沿著手電筒的光探看著窗框，然後又把光照在地上的玻璃碎片。

終於，警察宣布，「這個窗戶被打破了。」

阿飛翻翻白眼，「是的，我們早就知道了。」

普藍克把手電筒的光直照到男孩的眼裡。

「你可以少費唇舌，小鬼，你該慶幸我沒有逮捕你。你亂丟垃圾，浪費警察的時間，在我們的要求下仍然沒有停止這一切。」

爸爸對這個警察越來越感到失望，他的呼吸開始越來越不均勻，「聽著，警官，今晚這裡發生了很嚴重的事，有人……」

「或有東西……」報攤老闆插話。

「謝謝你，拉吉……」爸爸急忙說，「……或有東西，半夜來到我兒子的臥房，還在他的枕頭下留下那個……噁心的……東西……」

批西．普藍克將手電筒照在那顆眼球上，它依然在床上反射著光澤。

他嗯了一聲，「只是一顆眼球，是吧？」

「什麼！」

阿飛大叫，對他的這個結論相當不敢置信。

「眼球通常是一對一對的不是嗎？」普藍克替自己辯駁，「兩顆應該會更糟，但我猜一顆也還是很糟……」

「是的，普藍克，發現一顆眼球出現在你的枕頭下是很糟的事！非常非常糟的事……」爸爸趕在一陣厲害的狂咳發作之前說。

「看著它，會讓我整個人進入一種很嚇人的毛骨悚然的狀態！」拉吉接著補充說道。

「蓋比姿和我告訴過你這件事。」阿飛說，「現在你已經親眼看到了，我不是偵探，但我知道那顆眼球是個很重要的證物，你難道不應該拿走並檢查指紋或DNA之類的？」

「是，是……」批西．普藍克回答，「但不，不……」

「不？」阿飛說。

「你看，我已經把那個特別的蒐證袋用完了，我媽怕我肚子餓，今晚用掉最後一個來包我的三明治……」

「噢，看在老天爺的份上！」爸爸說。

警察從他的睡衣口袋拿出三明治。

「果醬口味的呦……」他一邊解釋一邊忍不住咬了一口，「我媽很會做果醬三明治，她會幫我把吐司邊切掉。」被口水沾濕的幾個大碎屑從他的嘴裡掉到那顆眼球上。

「哞……」普藍克一邊說一邊津津有味地啃著，「你們家裡有保鮮膜嗎？

可以讓我包這顆眼珠嗎？」

「沒有！」男孩生氣的回答。

「嗯嗯……」警察又嗯了一下。

「讓我想想……」普藍克一邊吃完三明治一邊說，「有了，你們可以把它寄來給我嗎？」

「什麼？」爸爸在兩個咳嗽之間發聲，完全無法相信這個男人竟然這麼蠢。

「對！把它裝入一個氣泡袋，貼一張平信的郵票，這樣我星期一就會收到了……」

「那樣就太遲了！」阿飛叫著，「到底是要跟你講幾次？」

「通常要三或四次才會眞的記起來……」警察認眞地回答。

「聽著！每天晚上都有孩子會把他們的牙齒放在枕頭下，但接著在像這種恐怖的東西中醒來！」男孩懇求，「你得做點什麼！」

「好．啦！」批西．普藍克讓步，「那就用限時的郵票吧！」

這個沒用的警察最後終於離開了，那可眞是種解脫。拉吉在那之後也很快就回去了，但他堅持要爲那短短一分鐘的車程替自己叫一輛計程車，回到他店鋪樓上的住處。他整個人已經怕到不願意獨自走路回家了。

爸爸和阿飛在床上抱在一起睡，不只是因爲阿飛被嚇到不敢睡，爸爸也是。

但即使有爸爸的手臂環繞著，阿飛還是完全無法闔眼。

他的腦袋轉個不停，腦海裡一幕幕地重演著今晚的恐怖事件。

那陣冰凍的冷風吹進來時，眞的是那個偷牙賊進入

他房間的時候嗎？

還有那對在他床底下的眼睛，完全無法否認它的真實性。阿飛看過那雙眼睛，那些黑色的眼睛，現在他得正視眼睛的主人了。

天很快地亮了，陽光透過窗簾的破洞照進來。

趁爸爸還在打呼時，阿飛悄悄地將爸爸重重的手從身上抬開，躡手躡腳輕輕地走回他的房間。

房間裡的每樣東西都被一層銀白的霜霧覆蓋了，破掉的窗戶讓房間變得冰天凍地。

阿飛用最快的速度換衣服，並把假牙放入嘴裡，他一邊從窗戶望出去，一邊拉上外套拉鍊。現在沒有一絲聲音，甚至沒有鳥啼聲，現在還非常早，但男孩知道這是他的機會。

昨晚的一切對爸爸的身體來說實在是太超過了，拉吉的神經質也變成他的累贅。至於蓋比姿，現在一切已經變得太過危險了，他不想要把這個小女孩也牽扯進來。

他決定獨自去面對這個妖魔。

28 穿出迷霧

在盡可能地不讓爸爸聽到他出門的輕聲關門後，阿飛努力跑過空曠無人的街道。

他的目的地：牙醫診所。

這個冬天的早晨瀰漫著一股厚重的霧氣。

阿飛盡可能地貼近牆壁，或躲在陰影裡前行，畢竟可能會有人或有東西跟蹤他。

沿著這條路下去，離牙醫診所只有一點距離的地方，有一顆老樹，跋涉過這片鋪滿落葉的濕地後，阿飛躲在樹幹後面。

他的視線鎖定牙醫診所的出入口。

男孩瞇著眼，看是否能認出門上的刻字寫些什麼。

男孩正在思索著牙巫可能代表的意思時，他的頭頂上傳來一陣聽起來像噴射引擎的嗡嗡聲，他抬頭往上四處看著。

迷霧中，阿飛看見一個影子高速地飛在建築物上方的空中，那身影的胯下有個看起來像某種瓦斯筒的東西，有另一個東西坐在後面。

在幾個盤旋之後，這對雙人組開始降落，儘管這個城鎮在他們下降時還被霧氣籠罩著，但男孩看得越來越清楚。

很快地，阿飛就認出他們是誰。毫無疑惑。

是露特女士，那個牙醫。

她騎著她的笑氣瓦斯筒，而坐在她後面的是阿牙。

沒多久後他們就著地了。牙醫在笑氣筒前方轉了一個刻度，然後那玩意兒就在診療室門口停了下來，她輕易地跳下筒子，就像從腳踏車上跳下來一樣輕快。

那就是為什麼她可以每晚都在鎮上到處跑的原因！阿飛心想。

儘管才剛剛在空中飛過，露特女士看起來相當泰然自若，不只她的衣服潔淨無垢，連頭髮都非常整齊。阿飛趕忙躲在樹後，牙醫快速地往她身後一瞥，確認四周都沒人後就進去屋內，她那忠心的白貓緊跟在後。她

的手臂之下夾著笑氣筒，另一手拿著一個閃亮的金屬罐。罐子隨著走動發出吭啷的聲音，裡面一定裝滿了孩子們的牙齒！

✓有貓
✓在晚上四處飛
✓邪惡

阿飛張著嘴呆在那裡。**她是一個巫婆！**他心想。

露特女士也許沒有穿著黑色的衣服或戴一頂尖帽，或是騎著一根掃把，但她的確是個巫婆沒錯。

蓋比姿說對了——巫婆們不但存在，而且還活得好好的，露特女士就是個活生生的證明。

如今她們在牙科執業，那就是牙巫這個詞代表的意思——牙醫業和巫婆界的雙碩士學位。

當診所的門在露特女士身後關上後，街頭巷尾就立刻出現人們和交通的嗡嗡聲。

此時，躲在樹幹後面的阿飛看見一個有著一頭亂髮的小女孩，正走近診療室的門。

是蓋比姿。

如同她昨天在操場所說的，她準備自己對抗露特女士。可是，蓋比姿還不知道埋伏在那道門後的巫婆有多麼可怕的能耐，她不知道露特女士拔光了阿飛的每一顆牙齒，也不知道阿飛昨晚經歷了什麼恐怖的事。

在他能叫出聲之前，蓋比姿已經按了牙醫的門鈴，那扇門立刻就咻的一聲打開了。

阿飛得警告他的這位朋友，而且要快。

他從樹後面跳出來，但他才剛準備要叫她時，有人從他的背後抓住他的外套，把他高舉在空中……

29 睡在馬桶上

「我四處在找你，阿飛！」溫妮說。社工揪著男孩的外套領子，阿飛的鞋底剛好能在地面上刮過。

「放我下來！」阿飛生氣地說。

「你可憐的爸爸擔心死你了！」胖女士把他重新放回地面，但仍緊抓著他的肩，「我現在立刻就要帶你回家！」

「不，不，不，我不能回家……」阿飛對沒告知爸爸就跑掉感到罪惡，但現在可是緊急狀態。

溫妮疲累地嘆氣。「聽著，年輕人，」她開始訓話，「我今天早上心情很

不好，在你的奶油咖啡巧克力球小惡作劇之下，我昨天晚上睡在馬桶上！」

阿飛試著在那個影像在腦中成形時立刻清除，然而，他越是抗拒去想像社工睡在廁所的畫面，那畫面就越加鮮明。

「聽著！我得進去這間牙醫診所！」阿飛懇求。

「不行！」溫妮說，「首先我得帶你回家。然後我們和你的校長有個小約會，我打算試著拜託他不要把你退學……」

「我不在乎他要不要把我退學！我現在就得進去裡面！」阿飛一邊吼一邊指著牙醫診所的門。

溫妮瞇起眼。她試著努力思考，可是她完全無法理解這個男孩。「昨天所有人千辛萬苦才把你追趕到這裡來，而你現在卻等不及要進去？」

「我得警告我的這位女朋友，但她不是我的女朋友，她只是個女孩又是個朋友……」

「就算她是你的女朋友也沒關係啊……」溫妮若有所思地說。

「她不是。」

「聽起來她是。」胖女士露齒而笑說。

「她不是。」男孩堅定地重覆。

「好吧，不是。」溫妮說，「但就算她是你女朋友，也沒關係啊。」

阿飛的挫敗感越來越強。

「總之，她百分之百絕對不是我女朋友！別再說了！」

社工陷入了一陣沉默，然後接著說，「所以這個女孩，你的一個朋友，但絕不是你女朋友，她人呢？」

「她叫蓋比姿。她剛剛走進牙醫診所裡！她因爲我不想來這裡而叫我膽小貓，但我得警告她這個牙醫……」

溫妮疲憊地搖著她的頭，「那位露特女士看起來似乎是那麼好的一個人，你到底得警告蓋比姿什麼？」

「她其實是……」

「是？」

雖然阿飛知道這是事實，可是仍然覺得說出來很白癡。但終於，他還是鼓起勇氣說完他的句子，「……**是個巫婆！**」

社工看著阿飛好一陣子。然後一個微笑爬上她的臉，接著她開始歇斯底里地爆笑。

「哈哈哈！你是說，一個巫婆！哈哈哈哈哈哈！」

「是的，」阿飛堅定地回答。

「哈哈哈哈！」溫妮笑不停，「一個巫婆？這眞是我聽過最瘋狂的話了！」

「但，這是眞的！」他嚷嚷，「她坐在笑氣瓦斯筒上四處飛，那個就是她的掃把……」

「哈哈哈哈哈哈哈哈哈哈哈哈哈哈哈哈哈！」

溫妮笑著，「接下來你該不會要告訴我，她有隻黑貓！」

「噢，事實上是白色的，而且很邪惡。」阿飛回答。

「哈哈哈哈哈哈哈！」這位女士抹去她眼眶裡開心的淚水，「露特女士已經是一名相當受人敬重的醫師了，而且據我所聽到的，她可是個很高明的牙醫呢……」

阿飛看著溫妮的雙眼。「是嗎？那她怎麼會對我做出這種事……」

阿飛說完就拿下他的假牙，讓社工看個清楚，看清露特女士對他所做的一切。溫妮倒抽了一口氣，她的手移到他的嘴邊。

「噢，不！」她輕聲問，「露特女士對你做出那種事？」

阿飛把他的假牙放回去回答，「是的。而現在我的朋友在樓上，在她的診療室裡……」

溫妮往上看著那扇漆黑的窗，此時，他們聽到一個鑽孔機的嗖嗖聲，然後接著是一聲毛骨悚然的尖叫從診療室裡傳出來。

「**不！嗚嗚嗚嗚嗚嗚！**」溫妮喊著，「上吧，阿飛，沒時間浪費了！」

30 在我面前跪下

溫妮抓著阿飛的手，他們一起往診療室的路上跑去。社工是個大塊頭，當她用肩膀去撞門時，門就開始讓步了。在試撞了兩回合後，她要阿飛跳到她的背上增加一點撞擊力。這還蠻有效的，第四次嘗試時，門被撞開了。他們一起往樓上衝，闖進診療室。

蓋比姿的手腳都被固定在牙醫椅上，就像阿飛曾經歷過的那樣。露特女士陰森地逼近小女孩，揮舞著一個龐大的鑽孔機，和她所有的牙科工具一樣，這個鑽孔機看起來像中古世紀的酷刑設備。

它不是電動的器具，相反的，她用她的手瘋狂地繞著圈帶動尾端那粗大的

鑽頭旋轉，它轉得很快，隨著轉動發出尖銳的叫聲。它巨大無比，看來比較適合用來在馬路上鑽洞，而不是用在牙齒上。

「離她遠一點！」溫妮叫著。這一切充滿了戲劇性，阿飛無法忍住不笑，他和社工居然成了隊友。

「什麼意思？」露特女士問。

「我說，離她遠一點。」社工重覆，但牙醫把鑽孔機指向溫妮和阿飛。

「後退……」她咆哮。

「放了蓋比姿！」阿飛說。

「不然怎樣？」

「不然，我會寫封措詞非常強烈的信給牙醫協會……」溫妮回答。

「救命！」蓋比姿尖叫，她全身都因爲恐懼顫抖著，「露特說她打算拔掉我的每一顆牙齒！」

「對，我就是這麼打算的。」露特女士冷冷地說。她邊說邊冷笑，露出她那白得不像眞的的牙齒。她慢慢地抬起雙手從她嘴裡拿出牙齒，原來它們是假牙。

拿開假牙罩後，她露出眞正的樣子。一組醜陋的獠牙。每根牙齒都比前一根更尖銳、更鋸齒、更兇殘，它們是如此陰森恐怖，就像暴龍的牙齒一樣。

「你們沒人可以阻擋我。」牙醫繼續說，「而且你們應該在我面前跪下，因爲我就是**牙巫**！」

31 旋轉一隻貓

阿飛從溫妮身後躡手躡腳走出來，繞到牙巫的背後。

此時這個惡魔揮舞著鑽孔機，這裡刺那裡刺的，阻擋著他們逼近自己。

阿飛從他後面的醫藥櫃裡抓了一條媽咪的牙膏。

阿牙跳上櫃檯撲向他，但即使牠爬到他頭上，還是無法阻止阿飛把牙膏擠到巫婆的臉上。

雖然試了好幾次都沒有正中目標，只灼傷了她的頭髮，但有幾滴劇毒的黏膠，滴進她那很黑很黑的雙眼裡。她痛到跪了下來。

鑽孔機從她手上掉出去，在地上轉得像條在死前痛苦掙扎的蛇。

溫妮朝牙醫椅跑去，開始試著用蠻力打開那扣住蓋比姿的金屬銬。

就在她這麼做時，阿牙從阿飛頭上跳到溫妮的頭上，牠厚白的皮毛完全遮住了溫妮的臉。

阿牙鋒利的爪子一根根地伸了出來，這隻邪惡的野獸開始把爪子往溫妮的脖子深深地扎進去，直到見血。

「喝喝喝哧哧哧哧哧哧哧哧嘶嘶嘶嘶嘶嘶嘶嘶嘶嘶嘶嘶嘶嘶！！！！！！！」

怪物嘶吼。

「噢嗚！」

社工大聲尖叫，「我對貓過敏啊！」

阿飛一把抓住野獸又硬又細的尾巴，使盡全力把貓從社工身上扯開來。

阿飛一直以來都很納悶「這房間小到無法旋轉一隻貓」這句話到底是怎麼來的。

現在，他發現自己在一間小房間裡，抓著一隻貓的尾巴旋轉。

阿牙的頭掠過椅子、掠過櫃子、甚至掠過牆壁，阿飛對這個句子的理解開始增進。

他一圈又一圈地旋轉著阿牙，順理成章的下一步似乎就是放手。

而那的確就是阿飛接下來做的事。

阿牙在空中飛著，瘋狂地嘶叫。

這隻野獸越過整個房間，

猛擊降落在巫婆的推車上。

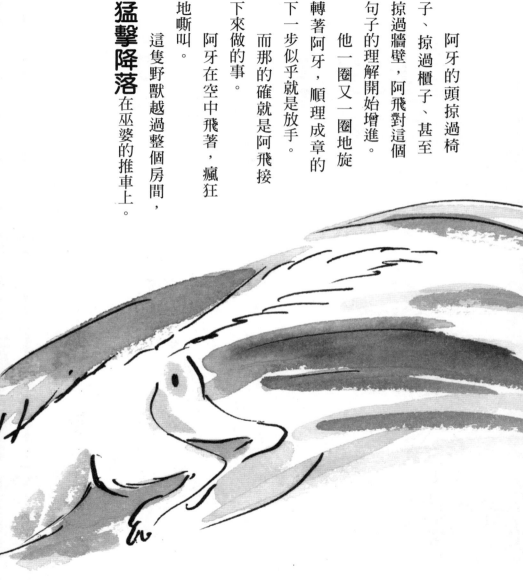

嘟嘟嘟嘟嘟！！
吭吭吭吭吭吭嘟嘟

所有致命的牙科器具全都散落一地。

「幹得好！」蓋比姿說。

「謝謝。」阿飛說。溫妮在清理她的傷口，巫婆還在把牙膏揉出她的眼睛，阿飛瘋狂地找著那解開金屬銬環的搖桿。

「妳是對的。」他上氣不接下氣地說，「她是個巫婆！」

「哼！」蓋比姿回，「還用你說！」

她挖苦的語氣讓阿飛嚇一大跳，「妳到底還要不要我救妳？」

「呃，要，拜託……」蓋比姿說，擠出一個滿懷希望的微笑，「應該是那邊那個！」

「喔對，好。」阿飛說。他慌忙地摸向椅子頭靠後方的搖桿，用力一拉，這些銬環馬上就收回去了，蓋比姿的手腳重獲自由。像個穿著閃耀盔甲的騎士，阿飛試著要把蓋比姿抱起來，但她不吃那一套。

「我自己來就好，謝謝你！」蓋比姿不屑一顧地說。她內心是個男人婆，而且痛恨這個她參與演出的少女落難角色。她伸展了一下她的雙腿，然後跳到地板上。

「我們快走！」溫妮說。

在他們後面，終於把最後一點牙膏揉出眼睛的牙巫，緩緩地站了起來。她用一隻手在身後摸索著，抓了一把還留在推車上的古舊工具，它的尾端釘有一個長而尖的鉤子。

巫婆伸出了另一隻手向前抓住蓋比姿，並且粗暴地把她拉回來，她把手裡的武器架在小女孩的喉嚨上，低聲說：「敢再向前一步，你的女朋友就死定了。」溫妮和阿飛像雕像一樣，站得又直又安靜。

但男孩無法不打破沉默。「只是個鄭重聲明，她不是我的女朋友喔……」

「對啦！」蓋比姿嘲笑著，那鉤子幾乎要刺到她的皮膚，「說得好像我就願意和他約會一樣！」

「對，即使過了一百萬年，我也不會和她出去……」阿飛附和地說，但這女孩如此肯定的語氣讓他有點受傷。

「即使你是地球上最後一個男生，我也不會和你出去玩！」蓋比姿說。

「現在不是談論這個的時候！」巫婆大叫。然後扯著女孩的頭髮向後退到放置笑氣瓦斯筒的角落。

巫婆跨坐上去，把又踢又叫的蓋比姿放在她前面，然後向後倒，轉開瓦斯筒尾端的噴嘴。

阿牙及時地跳到她後面，瓦斯筒像個火箭一樣地噴射了出去，他們直接衝破那扇被漆成黑色的窗戶向外飛出。阿飛趕過去窗戶旁，看著他們向著沒有陽光的天空而去，他們後方開始擴散出一陣黑煙。

「快，溫妮！」阿飛吼著，「我們得去救蓋比姿！」

他們衝下樓，跳上社工的機車。阿飛往上方鎖定他的視線，引導著溫妮追著這條煙跡。他們疾速穿越這個城鎮，

必要時他們也在別人的後院抄近路，在巷弄中衝刺，甚至穿過一間大賣場。

可憐的茉理希太太只是來這裡買一罐義大利麵醬。但是當機車衝過她身邊時，她嚇得往旁一閃，沒想到卻一頭栽進冰淇淋區。

沒過多久，她就被一個心不在焉的貨架管理員，在背上貼了一張「特價品」的標籤。

「對不起，茉太太！」溫妮叫著，接著就轉向五件以下的快速結帳出口來爭取時間，「依照慣例，我明天下午會去給妳送餐！」

在他們衝到停車場時，社工把

機車手把用力後轉催著油門。「抓緊了……」她吼著，他們又再次跟上了那條黑煙，但此時，它看起來似乎在下一個山坡的懸崖邊緣停了下來。他們追到坡頂時，溫妮暫時把機車煞住。

「看，」阿飛在引擎的嗡嗡聲中出聲，「那個巫婆把蓋比姿帶進那個舊煤礦坑裡了……」

「喔不！」溫妮說，「這裡根本沒有下去的路啊……」

32 底層

挖煤在這個鎮已經絕跡好幾年了。礦坑已經被封閉了，儘管它還在那裡，但不好看也沒人愛，佇立在自己汪洋的泥漿之中。

爲了阻止閒雜人等擅闖，龐大的鐵圍欄包住了這礦坑，圍欄頂端是一圈圈的有刺鐵絲網，四處都有警告牌提醒著：小心、勿近、危險。

阿飛知道圍欄某個地方有個小破洞，學校裡一些年紀較大的孩子經常談起它。

說來也許奇怪，但這荒僻的老礦坑很吸引當地的年輕人。至少那是他們傍晚可以去的，一個能偷喝酒、偷抽菸，和偷約會的地方。這裡可以讓他們避開大人們那一雙雙窺探的眼睛。

圍欄上的洞是給小孩子鑽的，而不是胖胖的女士。所以阿飛認爲讓溫妮先試著爬過去比較保險。可是當她開始往裡面擠的時候，她的衣服就被鐵絲網的邊緣勾住了。

「幫幫我，孩子！我被困住了！」她叫著。

阿飛環視著現場狀況，社工已經失去她最佳的儀態。

「妳要我怎麼做？」他問。

「推我一把！」她哀求。

阿飛往她的位置看過去，此刻他唯一能看見的，只有她那個比大還要更大的屁股。

「推哪裡？」他單純地問。

「我的屁股！」於是他不情願地把手放在溫妮豐滿的屁股上。

「**推啊！**」她喊。

阿飛用他全身的重量去推溫妮的屁股，他的腳在圍欄口的濕滑泥地上打滑著。

他深深地吸了一口氣，又盡他最大的力再試一次，這簡直就像在推車一樣，溫妮終於穿過了這個洞。

但很不幸地，她的衣服卻沒跟著一起過去。

那五彩繽紛的外套，上衣和緊身褲，就掛在鐵絲網洞口的邊緣。

溫妮花了好一陣子才

意識到自己只穿著內衣褲。「好像突然變得蠻冷的……」她先是一邊自言自語一邊掙扎地站起來，然後終於，她發現自己只穿著胸罩和內褲站在那裡。

這件胸罩是阿飛看過最大的，它看起來像能輕鬆地裝上兩顆足球，而且還是亮橘色的。至於她的內褲，差不多是小孩子家家酒的帳篷的兩倍大，是豔粉紅色。

「喔天啊！」溫妮哭喊。這可憐的女士看起來非常尷尬。

阿飛用最快的速度，把溫妮的衣服從鐵絲網欄上解下來。爲了表達尊重，他轉過頭去把已經被勾破的衣服，遞過去給她。

「喔，謝謝你啊，小阿飛。」溫妮邊說邊從他手上拿回衣服。阿飛沒有回頭，直到她掙扎著把衣

服穿回去的那些咕噥哀怨聲停止爲止。

社工深深地嘆了一口氣，然後和阿飛說，「你千萬不可以跟別人講這件事，拜託！」

「當然不會，溫妮！」阿飛說，不太敢確定自己是否能永遠保守這祕密。

「我今天竟然沒穿成套的內衣褲！」她叫著，「啊，太丟臉了！」

從他們站的地方，他們可以看見那條消失的煙跡確實消失在礦坑入口。有個龐大的金屬籠立在一旁，它包覆著一台巨型的升降梯。在過往的時光裡，當這裡還是個運作中的礦坑時，這座升降梯會帶著阿飛的爸爸和其他的礦工到地底深處，在幾百公尺底下，黑暗的坑道裡，他們會開始艱鉅的工作。

很久很久以前，煤炭是這國家主要的能量來源，所以煤礦工得不停地工作，又挖又鑿又鑽的，把這些礦產帶到地面上去。這就是造成爸爸嚴重的呼吸問題的主因。這麼多年下來，所有鑽壁而來的煤塵已經嵌入了他的肺。

「那個巫婆一定已經把蓋比姿直接帶下去了。」阿飛在他們在礦坑口的瓦礫堆上奔跑時說，「我爸爸告訴過我，這裡只有一條路下去，就是利用那座升降梯，我們得追下去……」

溫妮抓住阿飛的手來穩住自己的身體，穿著厚底高跟鞋在這種碎石地上奔跑並不是一件容易的事。「阿飛，你哪裡也不能去。」

「什麼？」阿飛回答，他好不容易才追到這裡來的。

「一個荒僻的舊礦坑！」溫妮叫道，「不，不，不，這實在是太危險了，身爲你的社工我有義務照顧……」

在他們終於抵達那包覆著升降梯的巨大鐵籠時，阿飛無法再隱藏他的挫折感。「如果我們現在不去追那個牙巫的話，誰知道她會對蓋比姿做什麼？」他用他的手摸摸那凝結了十年髒污的老舊操縱裝置，尋找一個也許可以把升降梯升到地面上的按鈕。

「你給我出來，孩子！」溫妮吼著，「馬上！」

就像多數被告知別做某事的孩子一樣，阿飛假裝沒聽到。他終於找到一個看來像是把升降梯叫上來的綠色大按鈕，阿飛用手指猛壓它，一次又一次地按，但升降梯並沒看發出任何聲音。多年以前礦坑關閉時，電源大概也早跟著被切斷了。

「看吧！」溫妮說，「根本沒辦法下去。現在我們最該做的是，在我打電話報警求援時，在這裡等……」她在她蘋果綠的手提袋裡尋找她的手機。

「批西．普藍克根本就沒路用！」阿飛說，「我們一定要去救蓋比姿！」

他使盡全力在這生鏽的升降梯井的龐大鐵門上推開了一個小縫。他看著底下那一片黑暗，就他所知，這可能有好幾公里深。

阿飛撿了一小片被遺落了的碎煤塊往下丟，他在腦中默默數著數，看多少秒之後他會聽到碎煤塊撞到底部的落地聲。

一，二，三，四，五，六，七，八，九，十，十一……它現在應該降落了幾百公尺。

「離開那邊，孩子！」溫妮大吼，抓著他的手往後拉。阿飛甩開她，但他從升降梯井旁退了幾步回來。

「噢，感謝老天……」溫妮放鬆地嘆了口氣，她一點都不知道其實阿飛是在以退爲進。在溫妮忙著把一組電話號碼輸入她的手機時，阿飛扯下他長褲裡的內袋，把它們戴在手上當做手套。

「打通了……」溫妮的耳朵貼著手機宣布。

就在此時，阿飛全速往升降梯井衝過去。

他往前跳，抓住一條懸吊在升降梯井的粗鋼索，它比他預計的還要滑。一開始阿飛慌了，因爲無法牢牢抓緊，他開始像墜樓一樣快速下滑，有那麼一刻，他以爲自己短暫的一生就要結束了。

「**啊啊啊啊啊啊啊**！！！！！！」阿飛大叫。

「**不不不嗚嗚嗚嗚**！！！！！！」溫妮大叫。

阿飛快速做出反應，他把腳緊緊繞在鋼索上。謝天謝地，他開始緩緩停止下墜。他用雙手慢慢降落在礦坑裡。

「**你回來啊！**」溫妮大吼，她的聲音迴盪在這深深的升降梯井裡。

已經太遲了，阿飛消失在這黑暗的底層。

33 牙齒的大教堂

在他上方，阿飛看見升降梯井口的一方陽光變得越來越小，越來越小。隨著身體越來越往下，那光最後終於變成一個小點，一個不比天上的星星大的點。

現在他在地底下幾千公尺了，他手臂的肌肉開始疲乏了，他已經沒有力氣把自己再往上拉。他唯一的方向是，向下。

終於，他的腳碰觸到某個在他之下的東西，儘管這裡暗的就像他的人生，阿飛卻無法看出那是什麼。

它比黑更黑，在這礦井之底。它就是這麼黑……

在一片漆黑中，阿飛猜他的腳應該是踩在升降梯的車頂。毫無疑問地，它和在這荒僻的礦坑裡的任何其他的東西一樣，都被棄置在這最遙遠的地底。

阿飛用腳上下踏著，他聽到金屬的喀嚓聲，他終於在升降梯車頂找到一個應該是逃生用的艙口。打開它，跳進去，把另一個龐大的鐵籠門向旁推開。

阿飛注意到遙遠的遠方有個閃爍不定的黯淡黃光，他立刻從陰影中辨識出一些模糊不清的線條。

一走出去，阿飛就能感覺到他腳底下的冷岩。

他現在站的地方是幾百條的坑道之一，那裡有鐵軌沿線設置，事實上，這裡有著幾公里又幾公里，類似的鐵軌在底下蜿蜒著，那些礦工們得在這些鐵軌上四處行進工作，並把堆積如山的煤礦送上運煤車。

實際上它是個縮小版的鐵路線。但如今隨著這整個地方的荒廢，它們看起來更像魔鬼火車的軌道。

在坑道的遠端，有火光在閃爍。

阿飛緩慢而安靜地朝著它走去。

隨著他越走越近，潮濕的牆上開始出現影子舞動著。他發現那並不是電燈，而是燭光。他終於走到了坑道盡頭，發現那空間開展成一個有著充分照明的洞窟。

他往內偷窺。

沒有任何東西能讓他有心理準備面對他看到的一切。這洞窟非常浩大，它看起來彷彿沒有盡頭。成千上萬的蠟燭照亮整個空間。

他第一眼並沒有看到蓋比姿的蹤影或那巫婆和她的貓。在洞窟裡，占了很大空間的是一張長到很誇張的桌子，但它周圍卻沒有任何椅子，它是白色的，看起來就像是你能在教堂看見的那種聖壇。

桌上擺著一些盤子和酒杯，它們全都是白色的。有一個巨大的吊燈從天花板垂吊下來，有千百根蠟燭在上面。洞窟牆上有一些馬賽克鑲崁，它的圖形看起來像史前文字，或某種密碼。阿飛

曾在古埃及金字塔墓的圖片上看過類似的東西，它被稱爲象形文字。洞窟的角落有個巨大莊嚴的寶座，它也是白色的，它大得足夠給一個巨人坐，而且它很高，高得直逼洞穴的天花板。

這是某種神殿嗎？還是一個古墓？還是它純粹只是一種打擊天價房市的方式？阿飛試探性地踏進這個洞窟裡，他得找到蓋比姿，並且趕快把她帶離此處。他用手指沿著牆上的那些馬賽克摸，找尋任何可能隱藏的暗

門。阿飛發現它的表面驚人地尖銳，他在一個特別尖利的凸點上劃破了一根手指頭，流出血來，但他及時忍住驚呼。

阿飛小心地走向那張長到不可思議的桌子，往桌底下又找又看。在仔細地檢查這張桌子時，他發現這整個東西都是用成千上萬的小碎片做的。這些小碎片是什麼？他輕輕地觸摸著。像那些馬賽克一樣，它摸起來並不平滑，而是鋸齒狀的。他好奇地拿起酒杯近看，在燭光下檢視著。這也是用數不清的小碎片組成的。研究了一會後，他終於明白自己正在看著的是什麼。

這酒杯是用好幾千顆的牙齒做的。

因爲過於驚訝，杯子從阿飛手上滑落到地上。他低下身撿起一些小碎片，它們全都是牙齒，小孩子們的牙齒。就像這洞窟裡面的其它所有的東西一樣——這桌子、這寶座、這吊燈、這酒杯，全都是牙齒做成的。

這洞窟是牙齒的大教堂，一個大教堂。

阿飛在認清事實後想要尖叫，但他及時地摀住了自己的嘴。有多少個鎮的多少個孩子，和阿飛吃了同樣的苦，只爲讓這個巫婆裝飾她的巢穴？一定有幾千人吧，甚至幾萬人。歷經好幾年，甚至好幾世紀。

阿飛眨著眼向洞窟的遠端看去，那陰影的最深處。有個煤煙燻黑的大鍋子在那裡，寬得像一個充氣兒童游泳池，但是更深許多。他躡手躡腳地走近，阿飛發現大鍋子裡充滿了某種聞起來酸酸的、顏色噁心的濃稠物。有一把火在鍋底下熊熊燒著。牙巫顯然在調煮她特製的配方牙膏。

就在此時，阿飛覺得他看到某樣東西在陰暗裡動著，他往上看。大鍋子的正上方有個女孩，被一串從鐘乳石狀的洞窟天花板上垂吊下來的牙齒鏈條綁著。「蓋比姿？」他說。

「阿飛！是你嗎？」她小聲說，「我沒法在黑暗中認出你。我以爲是牙巫回來了……」

「是，是我！」他說，往前靠近些，「我是來救妳的！」

媽咪的特製牙膏配方：

貓嘔吐物
疣刨片
蝙蝠鼻涕
老男人的耳屎
從發炎的瘡取出的膿
肉瘤
蜘蛛腳
蛇大便
肚臍毛
蟑螂蛋
鼻毛
熟蜥蜴
蛞蝓汁
兔子大便
腳皮起司屑
青蛙痰
乾痂
奶油咖啡巧克力球

「喔，你還眞是慢慢來啊！」她回答。

「抱歉，我只是……」阿飛急忙解釋，但立刻就發現他被她永不止息的嘲諷搞得很火大，「妳到底想不想我救妳？」

「噓……」蓋比姿噓他，「你小聲一點！那巫婆應該沒有走太遠……」

「好，好，」阿飛輕聲說，「我該怎麼上去那裡幫妳鬆綁？」

「你有辦法把那張寶座移過來嗎？」她建議。

「那看起來很重……」

「但是那個女巫辦到了。」

「對，但她是個女巫，有神奇的力量。」蓋比姿瞪了他一眼，發現爭吵無助於事，於是阿飛拖著沉重的腳步向寶座走去，他先是試著搖它，但它一動也不動，然後他用肩膀去頂，可是它就是毫不讓步。

「我寧可跑到升降梯井底去呼救，」他輕聲說，「妳留在這裡別動……」

蓋比姿翻了個白眼，「你覺得我還能跑到哪裡去？」

阿飛躡手躡腳地退回到洞窟口。但就在抵達洞口時，他尖聲叫了出來，

「噢噢噢噢噢啊啊啊啊啊啊啊！！！！」女巫的黑眼睛直瞪著他看，

但她的臉是上下顛倒的。有那麼一瞬間，阿飛全然傻住了，他不知道發生了什麼事。接著他往上看，發現她從天花板上倒掛下來，就像一隻蝙蝠。她的雙手環抱著她的貓，阿牙，牠激烈地對著他嘶叫。

她用她那擾人的念咒聲說：「當個好孩子，阿飛。到媽咪這裡來……」

34 望向天空

「我就知道你會尾隨我們追過來。」牙巫用一種優越的語氣宣布。她說話時，阿牙把自己的尾巴繞在她主人的腿上，「你會來救你的小女朋友……」

「我之前就告訴過你了，她不是我女朋友！」男孩回答。

阿飛自己現在也被鏈在鐘乳石上，在蓋比姿旁邊，他的手腳被同樣的銬鐐綁著，全都是牙齒

做成的，事實上那些牙齒正刺進他的皮膚裡。這個巫婆彷彿是隻蜘蛛，他和蓋比姿是被蜘蛛網捕獲的獵物，比蒼蠅好不了多少。

當然，蜘蛛完全不急著吃牠們抓到的蒼蠅，牠們喜歡看著獵物受苦，這點牙巫也是一樣。

「你的救援計畫還眞是厲害啊……」蓋比姿說。

「這就是我爲什麼永遠都不想和妳出去！」阿飛回話，「妳雖然長得蠻漂亮的，但妳眞的很討人厭。」

「你才是那個最討人厭的人。」蓋比姿回嘴。

「安靜，你們這一對！」巫婆下令，「你們兩個都很討人厭，阻撓了我偷這個鎮上所有孩子們的牙齒的計畫……」

「在妳煮我們之前，我只想知道，」蓋比姿發問。

「想知道什麼，親愛的？」巫婆冷笑。

「牙巫是什麼？」女孩問。

「對，告訴我們，」阿飛懇求，「向我們證明妳是眞的。」

「你還是不相信啊！」巫婆嘲笑著，「你幾歲了，男孩？十一？」

「不，我十二了。」阿飛氣憤地說。

「你看起來年紀要更小些。」

「以他的年齡來說，他確實蠻矮小的。」蓋比姿附和。

「事實上我十二歲半了，幾乎快要十三歲了！」阿飛生氣地說。

「好吧，像你這種年紀的小孩，」巫婆接著說，「十二歲半，快十三歲，總以爲自己知道一切。你認爲你已經大得不適合那些故事和神話和傳奇，你已經不再相信這些了。這就是爲什麼像你這種小孩是最容易得手的……」

「好，好……」阿飛回，「但牙齒有什麼特別的？」

巫婆深黑的眼睛閃爍得就像活了起來，「我渴望它們，對我來說牙齒就像鑽石或寶石。我已經收集它們好幾世紀了，世界各地，一個地方又一個地方地去。如今我在這裡安頓下來，我是不會歇息的，**直到這個鎮上的每個小孩的牙齒，都成為我的！**」

牙巫從她的口袋拿出一顆牙來對著燭光，「和你的一樣，又爛又蛀的牙齒，阿飛，這些是最美的。看看這顆，它的完美，它每個鮮爲人知的角落，看這光是怎麼在它的表面上跳著舞啊。」

「妳是瘋子！」蓋比姿叫著。

「妳可眞是幫了大忙啊。」阿飛碎念。

巫婆的眼睛瞇起來，「如果渴望牙齒就是『瘋子』的話，那麼牙仙呢？」

「可是牙仙不是眞的……」男孩抗議。

女巫笑了，「喔不，她們是眞的，那些煩人的小小偽善者們，振翅到處拍著，我想我成功地逮到許多在這個鎮上飛的牙仙們，

她們可是阿牙最美味的點心……」

貓舔了舔嘴巴。

「好，所以牙巫和牙仙全都是眞的，那還有什麼？」蓋比姿沉思，「那聖誕老人呢？」

阿飛嘲笑她，「蓋比姿！他不是眞的啦！」

「喔不，他是眞的沒錯。」巫婆回答。

「我就知道！」蓋比姿得意洋洋地說，「我贏了！」

「聖誕老人事實上是個相當煩人的老傢伙……」女巫繼續說，「到處跑去祝大家『聖誕快樂』。但那些聖誕節餡餅會讓他放屁，他彎下腰去裝塡襪子時千萬別站在他後面……」

阿飛不想他人生中最後一個記憶是聖誕老人放屁，所以他趕緊接下去，「但妳要那麼多牙齒做什麼？」他問。

「我可以蓋我巫婆的巢穴啊，每天我都需要更多，我有個大計畫……」巫婆變得相當生氣勃勃，「看到那片牆沒？」兩人點頭。

「我打算打掉它來擴建，這樣我就能有個又大又開放的起居空間了……」

阿飛和蓋比姿互看了一眼，他們不敢相信自己被鏈在一個洞窟的天花板上，聽著一個巫婆冗長乏味的房屋改造計畫。

「你們知道這幾年收集牙齒變得有多容易嗎……？」牙巫繼續說著，「好幾年前，像我這樣的女巫一旦被抓，就會被丟到河裡淹死或處以火刑。」

「但現在的小孩已經不相信童話故事了，他們永遠在看電視，玩電腦遊戲，他們再也不看向天空了。如果有這麼做的話，他們就會看到我和阿牙晚上到處在鎮上飛，一家又一家地造訪。阿牙在幾百公里外就能聞到一顆新鮮的牙……」貓嘶叫著表示同意。

「我們飛向孩子們的臥房窗戶，完全沒有發出一點聲音就能飛進去，然後把牙齒拿走……」

「但為什麼要留下那些恐怖的犯案簽名物件？」蓋比姿問。

巫婆笑了。她尖銳的獠牙在燭光中閃著。

「因為，孩子，我很邪惡，完全沒有任何雜質的邪惡！這其實是個很有樂趣的部分！我為孩子們的小禮物們費盡心思，找最大的蟑螂，用大頭錘打扁蟾蜍，保持豬眼球的溫度好讓它們仍然可以蠕動……」

「妳有病！」阿飛憤怒地叫著。

「謝謝，別忘記補上扭曲變態。雖然我很愛聽這些恭維的話，但現在我已經開始厭倦我們的對談了……」

他們兩人同時倒抽一口氣，「妳準備對我們做什麼？」蓋比姿大膽地問。

「這個大鍋子是我用來調煮媽咪的特製牙膏……」

「那玩意能將石頭熔穿！」阿飛說。

「是的，裡頭的強酸能摧毀任何被丟進去的東西，如果我把你們兩個泡進去的話，只要一點點時間……」

「如果妳把我們泡進去，會怎樣？」蓋比姿緊張地問。

「它會把你們的皮膚從身上完整地脫去……」牙巫一邊說一邊品味著她的話，就像在細細品嚐某種特定口味的冰淇淋一樣，「然後，你們就只會剩下，骨頭……」

35 骨頭饗宴

「這肯定會是個既緩慢又極其痛苦的死亡，孩子們……」巫婆詳細解釋，「這就是我喜歡的方式，然後我會好好地享用你們的骨頭！」

她低頭看著那隻全然信任她的白貓，「猜猜你的午茶點心是什麼呀，阿牙？」那隻野獸的耳朵豎起來，凝望著主人的眼睛。

「是的！成堆的美味的小孩骨頭……」阿牙發出大聲的呼嚕聲。

在有點距離的遠處，阿飛聽到一個回音。貓轉過頭並嘶叫著，巫婆懷疑地豎起頭，然後加快腳步，用她那超人的力氣把巨大沉重的牙齒寶座拖到定位。接下來她爬上去站在寶座上，開始解開綁在孩子們手上的鏈條。這兩個孩子現在都因恐懼而失控地抖著。

「我要把你們倆一起丟進大鍋子裡去，」巫婆宣告，「你們可以在慢慢死

去之前，聽到彼此的尖叫聲……」

「只是想讓妳知道，我完全、一點都不介意妳先把他放進去……」蓋比姿說，她試圖製造一點黑色幽默來讓情況好過一些。

「不是一向都是女士優先的嗎？」阿飛說。

一瞬間，巫婆已經解開他們的手腕。兩人現在都倒掛著，那噁心、冒泡的黃漿就在他們的頭下滾著，毒氣的威力是如此強烈，阿飛和蓋比姿幾乎無法呼吸。

「拜託，拜託，拜託，我求求妳……」阿飛開始懇求，「妳可以煮我，但妳放了蓋比姿吧，她沒做錯什麼事……」但這根本沒用，巫婆完全不爲所動。

「人類的感情是多麼令人同情啊……」她一邊咕噥一邊把寶座拉近幾步，再次爬了上去。現在她忙著鬆綁孩子們的腳踝。

「別擔心，孩子們，媽咪就快做完準備工作了，這應該不會再花多少時間的……」巫婆嘰嘰喳喳地說。

阿飛的左腳在半空中晃著，他整個身體也更往下滑。他的頭髮現在已經碰觸到鍋子中的毒黏液了，強酸在他的髮梢上灼燒著。

而遠處，礦坑底下有個碰撞聲。

巫婆在男孩的最後一個腳鐐上奮戰著，「用牙齒來做每件東西是不錯，但實在也會讓東西變得難對付……」

阿牙開始幫助她的主人，牠跳上她的肩膀，用銳利的牙齒啃咬那副腳鐐。

現在任何一刻都可能是阿飛生命的盡頭。

但往外看向通往這洞窟的坑道，阿飛可以看到某樣東西在天花板上快速地朝著他們前來。

一瞬間，他發現那不是天花板，他被倒吊著，所以那個東西是在地面上。一輛火車，一輛火車正朝著他們前來。

像屠宰場裡掛著的肉塊一樣，阿飛緊急地用眼睛示意，要蓋比姿保持沉默，不能露出一點破綻。

隨著火車快速地朝他們駛來，男孩露出笑容，在火車前端操作著引擎的，是一張他很喜歡的臉。

是他爸爸。

36 淹沒尖叫聲

隨著火車噹啷聲逐漸變大，牙巫轉過頭去。「我詛咒你！」她低聲說，然後加快惡毒的腳步。她細長的手指和阿牙尖銳的牙齒，匆忙地解開男孩最後的一個腳鐐，並頭下腳上地要把他投入那個大鍋子。阿飛往下看，發現只剩下幾秒鐘他就要變成一堆骨頭了。

火車快速地穿進洞窟的入口，沿著軌道向巫婆猛衝而來。就在邪惡雙人組即將成功解開阿飛的腳鐐時，一聲巨大的……

火車猛力地撞上寶座。牙巫失去身體的平衡，她和她的貓科野獸一起栽進那個媽咪特製牙膏的調煮鍋。

「噢噢噢噢噢噢噢啊啊啊啊啊啊啊啊啊啊啊啊啊啊啊啊啊啊啊啊！！」巫婆尖叫。

「嗤嗤嗤嗤嗤嗤嗤嘶嘶嘶嘶嘶嘶嘶嘶嘶嘶嘶…！」白貓嘶叫。

沒多久，他們兩個就從液體表面沉下去了，濃稠的黃漿淹沒了他們的叫聲。

此時，阿飛訝異地發現自己還活著。蓋比姿費力又及時地抓住了他的腳踝。此刻她正前後搖晃著自己的身體要把他甩離大鍋子，看起來就好像他們正在馬戲團裡表演高空鞦韆。

因爲阿飛在空中晃盪，他爸爸剛好能夠抓住他的手腕，猛力地把他朝安全的火車上扯。阿飛張開雙眼，他的手指現在緊緊抓著火車頭前端。

他轉過頭去，那一刻，他發現自己還沒脫離險境。

火車正高速地往前衝，下一步即將用力地撞進洞窟的牆！

「爸爸！」男孩大聲吼叫，「煞車！」

阿飛的爸爸拉起煞車桿，在一陣極其尖銳刺耳的嘎嘰聲中，火車猛然停住了，阿飛離岩壁只有一步之遙。

「謝謝。」男孩鬆了一口氣。

「這是身爲爸爸該做的事……」他爸爸幾乎要喘不過氣來。

洞窟裡的塵埃不利於他的肺。醫生曾經告訴過他，絕對不能再回到礦坑底下，只要再吸一口煤塵就會要了他的命。

然而爸爸滿腦子都只想著一件事：他要救他的兒子。

「爸爸，你殺死牙巫了！還有那隻貓！」阿飛興奮地說。

「我只花一天就完成了喔……」

他玩笑地說。

「但是你怎麼會知道我在礦坑底下？」阿飛問。

「溫妮打電話給我，她猜我應該是唯一一個清楚這個礦坑地形的人，現在全鎮的人都在趕來的途中……」

「好個溫妮……」男孩說。

「哈嗯！」蓋比姿誇張地咳著。

「喔對了！」阿飛說，「抱歉，蓋比姿……」

「也許我看起來可能滿喜歡被倒吊在巫婆的滾鍋上面，但我在想你現在是不是可以幫我鬆綁了？」她說。

爸爸看著她，「這是誰，兒子？你女朋友嗎？」

「不是！說最後一次了！她不是我女朋友！」阿飛叫著。
「好啦！」爸爸說，他咳得很劇烈，「我只是問問而已。」
他使盡全力拉了引擎上的一個把手。火車開始緩慢而平穩地沿著軌道倒退，然後在大鍋子旁停了下來。阿飛跳到前方的引擎蓋上，他墊著腳尖站著，解開蓋比姿的腳鐐。
當阿飛發現自己正抓著這個倒掛著的、不是他女朋友的女孩的腳踝時，他不知如何是好。不過爸爸往外探出來，幫忙把她往火車上拉。蓋比姿跳下來，降落在後車廂的袋子上。
「小心！」爸爸氣喘地說。
「怎麼了？」蓋比姿問。
「袋子裡裝的是炸藥！」他回答。
「酷耶！」女孩說。
阿飛知道關於炸藥用於煤礦坑的事。他爸爸告訴過他很多次，他常常需要用炸藥炸開岩石才能採集後方的煤。
蓋比姿的臉亮了起來，她想到一個好辦法，「我們用這個炸藥把這個洞窟封起來吧……」

「巫婆已經死了！」阿飛回答，「我們先趕快離開這裡就好！」

就在他們準備這麼做的時後……

「你們看！」女孩驚叫了起來。

巫婆和她的貓在他們身後，從大鍋子裡升了上來。他們身上所有的皮膚都被熔蝕掉，現在邪惡雙人組只剩下骨架了。

骨架們用柴骨狀的腳站立，而且非常快速地筆直往他們這裡來。

37 骨骸進擊

這兩架骨骸向他們進擊而來。巫婆骨骸在前，白貓骨骸在幾步之後，牠又長又細的尾巴骨向上挺著。

「我們沒辦法阻止他們了，快！我們快走！」爸爸吼著。他猛拉操縱桿，列車快速地向後退出洞窟。

蓋比姿開始往袋子裡探找。「妳在做什麼？」阿飛問。

「把炸藥拿出來，這樣我們就可以把她封在裡面了！」蓋比姿回答，「你看看你能不能找到打火機之類的東西。」

阿飛在另一個袋子底下找到一個鐵罐，裡面存放著一些老舊的火柴，然後他用顫抖的雙手點燃火藥。

「你們兩個要小心一點！」爸爸吼著。

「我說好之前別丟出去。」男孩叫道。

他們倆緊張地看著火藥筒上的導火線往下燒，列車抵達洞窟口時，阿飛吼著：

「就是現在！」

女孩把火藥筒丟向空中，然後它爆炸了……

磅尪尪尪尪尪尪尪尪尪尪尪！！！！

巨大的石頭在他們身後撞擊落地，一團龐大的煙塵和瓦礫殘骸充斥著整個坑道。

「我們成功了！」阿飛高興地說。

此刻列車在中央坑道急速行駛，他們正朝著可以帶他們回到地面的升降梯而去，回到安全的地方。

有好一陣子，他們三個人能聽到的只有列車搖晃和引擎的嗡嗡聲。

接著在陰暗之中，爸爸看到一個東西。

「不！」他哭喊。

孩子們轉頭，看見兩具骨骸，一具人的，一具動物的，在坑道中向他們疾馳而來，就坐在笑氣瓦斯筒上。

「媽咪要來抓你了！」巫婆骨骸尖叫著。

「爸，讓列車跑更快點！」阿飛喊著。

「它沒辦法跑更快了！」爸爸急忙回答。

飛行瓦斯筒追上了列車，阿牙的骨爪試著往爸爸的身上抓，爸爸拚命地閃躲著。

巫婆骨骸在貓骨骸邪惡地撲抓爸爸的頭時咯咯笑著。

蓋比姿拿出第二根火藥筒，阿飛點燃導火線。

「這次讓我來丟！」他說。

「現在！」她大吼。阿飛猛力把它擲向正在他們後方盤旋的邪惡雙人組，

磅尪尪尪尪尪尪尪！！！！

爆炸雖然震得他們失去平衡，但還不足以可以完全讓他們停下。他們掙扎地抓著瓦斯筒，骨頭搖得嘎吱作響。

「我們只剩下最後一根火藥筒了……」蓋比姿警告。

貓骨骸從瓦斯筒上一躍而下，跳到爸爸的頭上出爪刺擊。

「喝嘶嘶嘶嘶嘶嘶嘶嘶嘶嘶嘶嘶嘶嘶嘶嘶嘶嘶嘶嘶嘶嘶嘶嘶嘶嘶嘶嘶嘶嘶嘶嘶嘶嘶嘶嘶！！！！！」牠抓著爸爸往前移，直到牠晃動的骨架黏貼在這可憐的男人的鼻子上。

「**噢嗚嗚嗚嗚！**」爸爸吼叫，牠的獠牙深深咬進他的手臂中。

爸爸的手在疼痛中把列車油門關上了，引擎開始停止運作。在此同時，阿飛已經點燃蓋比姿握著的最後一根火藥筒了。就在她準備丟出去的時候……

列車發出煞車的嘰嗚聲。火藥筒從蓋比姿手上滑落了下來掉在列車上。導火線燒得很快，它們隨時會爆炸……

38 媽咪要吃你了

「蓋比姿！跳啊！」阿飛大叫。

女孩奮力地從車廂上跳出去。

男孩趴向他的父親，並把他拉離引擎，就在此時，火藥爆炸了……

尫尫尫尫尫尫磅

岩石從坑道天花板掉落，往他們的身上砸下來。

貓骨骸衝回牠從笑氣瓦斯筒掉下來的主人骨架邊。

因爲爆炸的緣故，瓦斯筒被撞出一個裂縫，此刻它正在地上嘶嘶地漏氣，那甜甜的氣味充斥著整個礦坑。

在他身後的塵埃團中，阿飛可以看見巫婆骨架的輪廓正在起身。

列車現在已經是嚴重損傷的殘骸了，然而他們離升降梯卻還有一段距離。

爸爸被埋在一堆瓦礫之中，這場爆炸已經把他僅剩的力氣都撞擊掉了。

「跑啊，哈哈，咳，孩子！」爸爸喘著氣說，阿飛生氣地把碎石們從他身上撥開。「哈哈！你們快走！爲何我，哈哈，在笑？這根本不好笑！哈哈！」

「一定是，哈哈哈，笑氣，哈哈，瓦斯！」男孩回答，「我也，哈哈，在笑！爸，我不會留下你，哈哈，在這裡的。哈哈，來吧，蓋比姿，幫幫我，哈哈！抓一隻手！哈哈哈！」孩子們開始把爸爸往前拖。

「我，哈哈，太，哈哈，重了……」爸爸不停地喘著氣。他的呼吸在他的胸腔嘎嘎響著，「不要管我，哈哈……」

「不行！哈哈哈！」阿飛回答，他和蓋比姿一起沿著鐵軌拖著爸爸，向升降梯越走越近。

「哈哈哈！媽咪來抓你了……」巫婆骨骸大笑，她的骨頭隨著肩膀的起伏搖晃著，只剩骨骸的阿牙也無法停止竊笑。女巫用她超人的力量，把列車還有車廂推到一旁。阿飛和蓋比姿開始在鐵軌上賣力向前，身後拖著爸爸。

終於，他們抵達了升降梯。爸爸的輪椅就躺在鐵門旁，那裡一定是他稍早留下它的地方。三人跌撞進升降梯裡，阿飛用盡全力把門甩上。

但那兩架骨骸已經追上他們了。他們的手骨和掌骨就在門上喀嚓地扯著，瘋狂地試著要用蠻力打開它。

「要怎麼樣才能使升降梯運轉？」阿飛問爸爸。

「你得把那兩條脫開了的電線接在一起……」爸爸喘著氣說，「然後拉最上面的操縱把……」

蓋比姿把電線接起來，阿飛則用力拉操縱把。

升降梯終於震著活了過來，它快速地往上升，把邪惡雙人組拋在底下。

阿飛鬆了一口氣。

「爸爸，我們成功了！」

但任何放鬆都是如此短暫，因爲那兩架骨骸現在緊抓著升降梯籠底，跟著一起上升。突然間，巫婆骨骸的長指骨穿進地板上的洞，抓著孩子們的腳。

戰得滿身是傷的爸爸，用他全身僅剩的力量在升降梯的地板上爬，他握起

拳頭試圖把巫婆的手打回洞裡。然而巫婆繼續扯著升降梯籠的鐵地板，就彷彿它只是用紙做的。

儘管爸爸如此奮力抵抗，巫婆的骷髏頭還是穿進來了，她極極爲鋒利的牙齒，用力咬進蓋比姿的腳踝。

「**噢噢嗚嗚嗚嗚嗚嗚啊啊啊啊啊啊啊啊啊啊啊啊啊啊啊啊啊啊啊啊啊啊啊**！！！！！！！！！」

女孩驚聲尖叫。

緊抓著升降梯底的阿牙也伸出牠的一隻骨頭來揮擊，貓骨骸邪惡地用爪子撕挖著爸爸的手，牠總是盡牠最大的力量阻止攻擊牠主人的人。

不管爸爸做了什麼，巫婆骨骸都沒被嚇跑，她只是把她咬在蓋比姿腳踝上的顎骨咬得更緊，然後微微張嘴咆哮說，「媽咪要吃你了！」

39 最後一口氣

升降梯顛簸到地面的高度後終於停了下來。

阿飛在白晝下眨了眨眼，看見全鎮的人都圍擠在礦坑口。

溫妮在最前面，而拉吉躲在她身後。

批西·普藍克看著這一幕，嚇得嘴巴大張，大到你能很輕易地把一輛鎮暴車倒進去。

親愛的茉理希太太特地不辭千里蹣跚跋涉而來，這位老太太很顯然還是一個「特價品」。

甚至阿飛學校裡的所有的老師，也都跑來這荒僻的礦坑，查看究竟出了什麼事。

這裡真的有一個活生生的巫婆在遊蕩嗎？

史努德先生專注地觀察一切，彷彿這整件事是齣驚人的「即興演出」。

「燈籠內褲水門案」哈爾小姐，緊抓著發抖的校長的手臂，深怕在這騷動中，她的燈籠褲又會再度出來和大家見面。

他們身後的是工友、祕書、以及全部的學生們。

學生人龍的最末端是簡訊男孩，不過其實他並沒有眞的注意到任何事，因爲他還是在忙著打簡訊。

當他們全都看見巫婆骨骸咬著蓋比姿的腳踝時，每個人都驚恐地倒抽了一口氣——除了溫妮之外。

她勇敢的立刻向前衝，把那龐大的升降梯鐵門拉開。

「救救孩子們……」爸爸喘著氣說。

溫妮抓住阿飛和蓋比姿，試著把他們倆拉到安全處。

男孩輕易地被拖出，但巫婆骨骸的牙齒仍然深深地咬進女孩的腿，而且緊咬著不放。

「**噢嗚嗚！**」蓋比姿尖叫。

巫婆骨骸具殺傷力的牙齒，此刻已深入了她的骨頭裡，阿飛用雙臂環抱著溫妮的腰，拚命地幫她拉。

「來吧，大家上！」拉吉呼籲大家，他暫時把自己的恐懼撇到一旁，並往前加入救援行列，用全身的重量增強這條幫忙解脫蓋比姿的拔河人龍力道。

報攤老闆抓著阿飛的身體，用最大的力氣向後拉。然後批西．普藍克也加入，

然後是老是膽小害怕的灰先生，接著，所有的老師們也加入了這條人龍。很快地，每個人都參與了這場壯烈的、和巫婆拔河的拉鋸戰。這惡魔到底要不要投降啊？

當然，除了簡訊男孩之外，他還是一直忙著打簡訊。溫妮的眼睛餘光掃到他。「看在老天爺的分上，孩子，離開你那該死的手機一下！」她聲音洪亮地說。

愚蠢的男孩深受驚嚇，馬上把手機放進他的口袋裡，終於加入了拔河。

整個鎮的人一起一拉再拉又拉。

「拉！」溫妮叫著，「拉啊！拉！」最後，在集體的努力下，他們成功地把蓋比姿從巫婆骷髏頭的嘴裡給撬了出來。所有人在地上跌成一堆。在這一大堆的人中，

被壓扁在最底下的是可憐的茉理希太太。

但此刻，巫婆骨骸和攀在她肩上的貓已經在升降梯的地板上挖出更大的洞來了。

她白色的骷髏頭因爲過於憤怒而閃亮得比她的牙齒還亮，她的胸腔骨也跟著她的怒氣震動著。

「我要吃光你們全鎭所有的小孩……活煮他們，並享用他們的骨頭！」她嘶吼著。所有人都在恐懼中後退了一步。

阿飛的爸爸一動也不動地躺在升降梯地板上。他的臉既蒼白又扭曲，此刻他幾乎無法呼吸了，他痛得連張著眼睛都很掙扎。爸爸很清楚，如果他再進去一次礦坑

的話，就不可能活著出來了。他喘著，吸了最後的一口氣，向上伸出雙手，但即便只是這樣的動作，也盡了他此刻最大的努力。他勉強地摸到升降梯內已經被砸爛的老控制箱。

「溫妮，」他上氣不接下氣地說，「答應我你會爲我照顧我的小狗狗……」

「爸爸！」阿飛哭喊著。

「兒子，我愛你……」爸爸用他最後的一絲力氣從控制箱裡抽出一根電線。好一陣子，升降梯維持不動，彷彿是漂浮著的。

沒過多久，升降梯突然開始向下墜，和巫婆的骨骸和貓骨骸一起向下掉。

「不！」

男孩從他爸爸離開他的視線那一刻起開始驚聲尖叫。

但阿飛無力阻止這一切。

溫妮抓著他。

阿飛緊緊地閉上雙眼，把頭埋進溫妮的懷裡。

好慶祝的了。

那是他最後一次見到爸爸。巫婆死了。但失去了爸爸，一切已經沒有什麼

救了全鎮的小孩。

這男人是個英雄。他犧牲了自己的生命，不僅救了他的兒子和蓋比姿，也

那天稍晚，消防隊員終於設法下到礦坑的升降梯井底，把爸爸的遺體給帶上來。

他們發現他的犧牲並非徒勞無功。巫婆和她的貓的骨骸被撞成碎片，他們現在已經變成塵埃。這個鎮上的孩子們，再也不用擔心牙巫了。永遠。

只是，這付出了可怕的代價：阿飛成了孤兒。

40 一個舒服的枕頭

爸爸葬禮的那天陽光普照。那是個寒冬的早晨，腳底下結著霜。那是聖誕節的前幾天，教堂擠滿了人，只有站著的空間。那些擠不進去的人，在教堂外從喇叭裡聆聽著儀式的進行。全鎮的人都來向這個偉大的男人致敬。

身爲唯一的家屬，阿飛本來應該獨自一人坐在前排的座席，但溫妮坐在他左邊，並指示拉吉坐在右邊。報攤老闆是第一個流淚的人，溫妮遞給他一張面紙。阿飛，一個幾乎快要十三歲的男孩，決心要堅強，但眼淚仍舊一波波潰堤了。

聖歌和禱告並沒能起多大的安撫作用，但溫妮圍繞著他的手卻能。沒有了爸爸，男孩很確定他再也不會知道快樂是什麼了。他的臉被淚水浸濕，他把他的頭靠在一個又大又舒服的枕頭——那就是溫妮。阿飛並不眞的需要任何言語，他唯一需要的，是被抱著。

過去的幾個星期以來，阿飛都住在溫妮的公寓裡。

是的，她總穿著多彩的衣服，光是用看的就會讓你偏頭痛。

是的，她騎車騎得像她是一人摩托車特技表演團。

是的，她永遠呑掉最後一塊餅乾。

但漸漸地，阿飛開始喜歡上她了。

葬禮儀式結束後，教堂也漸漸空了起來。「我知道你爸爸一定很以你爲傲，阿飛。」拉吉說，他摸著男孩的頭髮。「你要堅強點。」在再次流淚之前他補充說，然後笨手笨腳地走出了教堂。

在葬禮期間，蓋比姿坐在阿飛後面一排的位子上。起身離去前，她傾身往前靠向阿飛，在他的耳旁輕輕地說，「我們有個超酷的故事可以告訴我們的下一代了。」

阿飛悲傷地笑著回答，「他們一定會很喜歡聽這個關於他們的爺爺、關於這位英雄的故事……」

「一定會的！」她說，然後在他臉頰親了一下之後離去。

很快地，教堂裡只剩下阿飛和溫妮，男孩還沒準備好出去面對鎮上的人們。他慢慢地把手伸向溫妮，溫妮緊緊握住它。

他們安靜地坐在那裡好一陣子，努力地將淚水擦乾。

終於，溫妮柔聲說，「你的癡怎麼樣了？」

「我的什麼？」阿飛問。

「你的癡。」

「妳是指我的牙齒？」

「對，那就是我剛剛說的。」溫妮安排阿飛去隔壁鎮看牙醫。格琳女士費了好幾個小時，又再花了好幾個小時的時間，幫阿飛做了一副完美的牙齒。

「它們很好，謝謝。」他用舌頭滑過他閃亮的新牙齒。

「阿飛，我多希望我可以改變過去，但我沒辦法，所以，我們得看向未來，」溫妮說。「你爸爸過世之前，他要我答應他一件事，我知道也許現在不是時候，但……」

「但？」男孩問。

「但總有那麼一天，」她繼續說，「我們得談談關於要讓誰來照顧你。」

「喔也是。」阿飛回答。雖然住在她那裡幾星期了，但這只是暫時的，失去雙親的他，終究得被別人領養。「好吧，溫妮，與其拖著，我們不如早點談談這件事……」

「好，身爲你的社工，我一直在幫你和領養機構交涉……」

「然後呢？」男孩回。

「有很多不同的選項可以考慮，有很多非常不錯的夫婦在等著，我知道領養你的人會很幸運，但……」她中斷了一會兒，深深吸了一口氣才又繼續。此刻她的嗓子因爲情緒而啞了起來，「我很認眞地想了很久，關於你爸爸在死去那天要求我的，然後……」

「然後？」她會說出他希望並祈禱她會說的話嗎？

「好吧……」溫妮再次開始。這對她來說並沒有比較容易。「我是在想，是否……」這可憐的女人此刻很盡力地在斟酌她的用語，「那個，我是在想，你是否會考慮讓我領養你？」

阿飛笑了，雖然眼淚同時湧上眼眶。

有時候，人能在同一個時刻又快樂又悲傷，現在就是那種時刻之一。

「喔，溫妮！」他激動地叫出來，「我就希望你會這麼說！」

「所……以……呢？」她結巴。

「好！好！好！我當然願意！我愛妳，溫妮！」

「我也愛你，小阿飛！」溫妮興奮地叫著。她用她粗壯的手臂環抱男孩，並緊緊地擠壓著他，阿飛的臉深埋在她肥胖

的身軀裡。過了一陣子之後，有個聲音說，「抱歉，妳快把我壓扁了！」

「喔！我的親愛的！」溫妮一邊說一邊將她的擁抱鬆開些，「這樣好一點了嗎？」

「嗯。」阿飛回答，並張開自己的雙手環抱她。「這樣好很多，很多，很多……」雖然沒人能取代爸爸的地位，但溫妮讓他有安全感、溫暖感。還有最重要的，被愛的感覺。

尾聲

阿飛再次造訪教堂時，是爲了一個歡樂的場合。那是隔年，鎮上的每個人都相當驚訝，溫妮終於要結婚了。但，是嫁給誰呢？

完全不顧阿飛現在已經是個青少年的事實，他的新媽媽要他當花童，這在傳統上一向是由幼童來擔任的角色。阿飛完全沒有概念一個花童的義務是什麼，或是花童該穿什麼，所以他答應了。

他完全不知道，溫妮會爲了她大喜的日子，把他打扮成一個小小水手。所以阿飛穿著一件水手上衣、短褲、及膝襪、和一頂溫妮堅持要俏皮歪著戴的海軍帽。

好吧，阿飛想，**畢竟是她結婚的日子……**

然而，男孩卻不是那天教堂裡穿得最荒謬的人，喔，完全不。

而且出乎大家意料，這位準新娘也只把自己搞到名列第二而已，儘管她穿著一件令人眼花撩亂的鮮黃色結婚禮服，有著一大堆的裙襬，還拉著一個長長的多層次的花邊拖尾。

她看起來就像是一個跌進一大盆熱汽球籃子般大小的奶蛋糊裡的人，但以一種熱汽球之奶蛋糊的風格來說，她還是很漂亮。

在溫妮和後方拖著她的禮服尾巴的兒

子一起踏上紅毯時，兩人看到新郎正笑容滿面地站在聖壇前。

男人驕傲地站在那裡準備迎接他的準新娘，嘴裡嚼著一顆過期的牛奶糖。是的，這鎮上最棒的單身漢，再次找到了他的愛……

拉吉！

這位報攤老闆輕易地贏得了婚禮上有史以來的最荒謬服裝獎。溫妮爲了他們這特別的日子，幫他織了一頂亮紫色的大禮帽和燕尾服。拉吉的服裝是那種賀卡上印的、喜劇企鵝會穿的那種禮服。

是阿飛牽了這條紅線。他經常在從學校回家的路上，要求他的新媽在拉吉的小店停一下。在那些瘋狂特價和過期相送的巧克力之下，這看似不可能的一對，居然墜入了愛河。

溫妮和拉吉兩人都獨居了好幾年，雖然他們都沒有小孩，但卻熱切地期盼想要爲人父母，不過他們也都清楚自己永遠錯過了生兒育女的機會。

很幸運地，他們錯了，現在他們都是溫暖家庭的一員，而阿飛是他們生活的重心。

「妳，溫妮．普羅菲西．米絲提爾．芭宣芙如斯．特括伊絲．戴夫．史密斯，是否願意接受這個男人爲你的丈夫？」牧師提問。他看起來有點擔心溫妮這長長的一串名字永無結束之時。

「我願意。」新娘大聲地回答。

「而你，拉吉……」牧師突然頓住了。這報攤老闆至少該有個姓吧？

「不，牧師，就只有拉吉。」新郎喜氣洋洋的說。

牧師接下去，「你，拉吉，願意接受這女人爲你的妻子嗎？」

「這是不是到了我該回答『我願意』的地方？」拉吉問。

溫妮翻了個白眼。「對啦！」她吼著。

拉吉深情款款地看著他漂亮的新娘，然後說，「我願意。」

「那麼現在我就宣布，你們倆正式成爲夫妻。」牧師做出決議，「你可以親吻新娘了。」這一對不可能的愛鳥相吻了。

當他們終於分開時，溫妮的橘色口紅沾得拉吉滿嘴都是。看起來彷彿是報攤老闆貪婪地吸吮過一枝他賣的冰棒糖。這對新人轉身面對賓客，衆人都爲了這一對快樂的連理，熱烈地鼓著掌。

沒人比阿飛拍手拍得更大聲，現在他有一整個世界的免費糖果了。喔，好吧，至少是過期的那些。

教堂外面，五彩碎紙被拉開，照片也一張張地拍著。現在結婚儀式只剩下溫妮向後丟出她的新娘捧花了。

婚禮有個習俗，傳說中任何接到新娘捧花的，會是下一個結婚的人。

在哈爾小姐、茉理希太太，以及這鎮上所有未婚的女孩們都圍繞在新娘的身後時，溫妮把她的捧花拋向天空。

連試都沒試著要去接，花束直接落在蓋比姿的頭上。這女孩如今也不再那麼小了，她對著她的男朋友又是微笑又是大笑。阿飛也微笑著回看她。也許有一天我們會……他想。

很快地，新郎和新娘該出發去度蜜月了，溫妮跨騎在她的機車上。車尾掛著一個「新婚」的牌子，這台小車也像傳統禮車應有的那樣，拖著用線綁著的鐵罐。

「上來吧，老公！」她柔情地低聲說。拉吉跑著跳上後座。

「你也坐上來吧，阿飛！」拉吉說。

「對，快點上來吧，我的小狗狗……」溫妮呼喚他。阿飛跳入他們之間，三個人在小機車上忒—忒地動身了，機車引擎在他

們相當可觀的總重量下掙扎著。

「抓好了！」溫妮說，她讓機車在教堂外翹高前輪取悅眾人，然後再次拉正回來，接著急馳上路而去。

夾在溫妮和拉吉中間當三明治的阿飛，讓溫暖的夏風在他臉上吹拂，他忍不住想微笑。

爸爸死去的那天，他以爲他能再次快樂的機會也跟著死去了。然而，在他們穿越小鎮向遠方前進時，他閉上雙眼，他想要好好地感受這個感覺——快樂。

在他的腦中，他依然還聽得到爸爸的聲音。

「現在你唯一得做的，就是閉上你的眼睛，並且相信……」

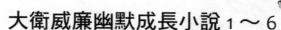

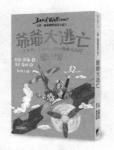

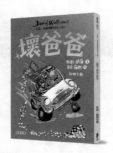

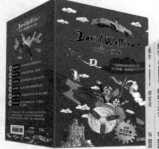

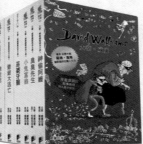

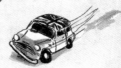

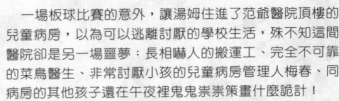

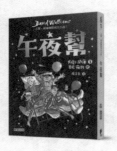

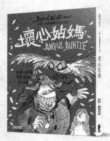

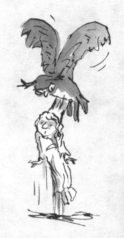

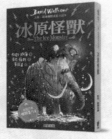

國家圖書館出版品預行編目資料

巫婆牙醫 / 大衛・威廉著;東尼・羅斯繪;
張妙如譯. -- 初版. -- 臺中市 : 晨星, 2015.01

面； 公分.--（蘋果文庫；60）

譯自：Demon Dentist

ISBN 978-986-177-944-7(平裝)

873.59 103021212

蘋果文庫 060

巫婆牙醫

作者 | 大衛・威廉、繪者 | 東尼・羅斯、譯者 | 張妙如
主編 | 郭玟君、校對 | 鄭乃瑄、林儀涵、林品劭
封面設計 | 黃裴文、美術設計 | 蔡艾倫、黃偵瑜

創辦人 | 陳銘民
發行所 | 晨星出版有限公司 台中市407工業區30路1號
TEL:(04)23595820 FAX:(04)23550581
行政院新聞局局版台業字第2500號
讀者專用信箱：service@morningstar.com.tw
晨星網路書店 | http://www.morningstar.com.tw

法律顧問 | 陳思成律師
郵政劃撥 | 15060393（知己圖書股份有限公司）
讀者服務專線 | 02-23672044 04-2359-5819#212
印刷 | 上好印刷股份有限公司
初版 | 西元2015年01月15日
七刷 | 西元2023年06月10日

ISBN | 978-986-177-944-7
定價 | 320元
Originally published in English by HarperCollins Children's Book under the title:
DEMON DENTIST

蘋果文庫 悄悄話回函

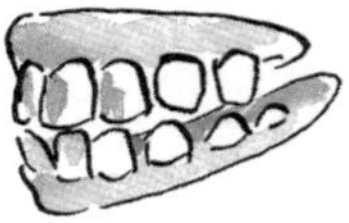

親愛的大小朋友：

感謝您購買晨星出版蘋果文庫的書籍。即日起，凡填寫此回函並附上郵資55元（工本費）寄回晨星出版，就可以獲得精美好禮乙份！

打★號為必填項目

★購買的書是：巫婆牙醫

★姓名：＿＿＿＿＿＿ ★性別：□男 □女 ★生日：西元＿＿＿年＿月＿日

★電話：＿＿＿＿＿＿ ★e-mail：＿＿＿＿＿＿

★地址：□□□ ＿＿＿縣／市 ＿＿＿鄉／鎮／市／區

＿＿＿路／街＿段＿巷＿弄＿號＿樓／室

職業：□學生／就讀學校：＿＿＿ □老師／任教學校：＿＿＿

□服務 □製造 □科技 □軍公教 □金融 □傳播 □其他＿＿＿

怎麼知道這本書的呢？

□老師買的 □父母買的 □自己買的 □其他＿＿＿

希望晨星能出版哪些青少年書籍：（複選）

□奇幻冒險 □勵志故事 □幽默故事 □推理故事 □藝術人文

□中外經典名著 □自然科學與環境教育 □漫畫 □其他＿＿＿

★感想：

線上填寫回函，
立即獲得網路書店
50 元購物金

請 貼
8元郵票

407 台中市工業區30路1號
晨星出版有限公司
TEL：（04）23595820 FAX：（04）23550581
e-mail：service@morningstar.com.tw
http://www.morningstar.com.tw

請延虛線摺下裝訂，謝謝！

DEMON DENTIST
巫婆牙醫

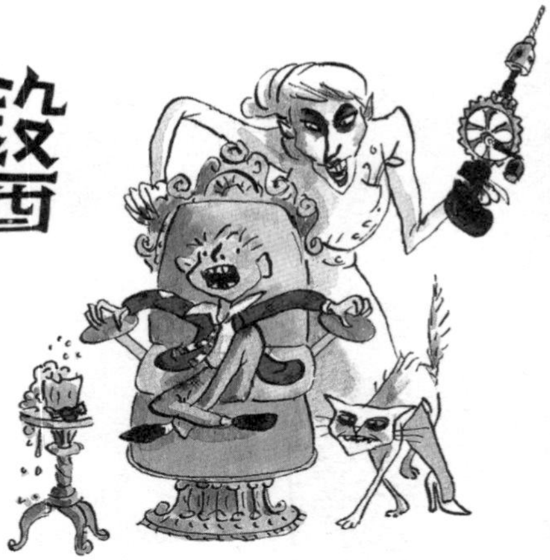